徐志摩
纪念馆 Xizhimo's
Memorial Hall

回望徐志摩

罗烈弘
陈　武　主编

[德]莫特·福凯　著

徐志摩　译

涡堤孩

中国文史出版社

图书在版编目（CIP）数据

涡堤孩 / (德) 莫特·福凯著 ; 徐志摩译 . -- 北京 :
中国文史出版社 , 2021.9

ISBN 978-7-5205-3260-0

Ⅰ . ①涡… Ⅱ . ①莫… ②徐… Ⅲ . ①童话－德国－
近代 Ⅳ . ① I516.88

中国版本图书馆 CIP 数据核字 (2021) 第 204529 号

责任编辑：金　硕　胡福星

出版发行　中国文史出版社

社　　址　北京市海淀区西八里庄路 69 号院　邮编 :100142

电　　话　010-81136606 81136602 81136603 81136605（发行部）

传　　真　010-81136655

印　　装　阳谷毕升印务有限公司

经　　销　全国新华书店

开　　本　880×1230　1/32

印　　张　5.625

字　　数　146 千字

版　　次　2022 年 3 月北京第 1 版

印　　次　2022 年 3 月第 1 次印刷

定　　价　48.00 元

引　子

　　引子里面绝无要紧话，爱听故事不爱听空谈诸君，可以不必白费时光，从第一章看起就是。

　　我一年前看了 Undine（涡堤孩）那段故事以后，非但很感动，并觉其结构文笔并极精妙，当时就想可惜我和母亲不在一起，否则若然我随看随讲，她一定很乐意听。此次偶尔兴动，一口气将它翻了出来，如此母亲虽在万里外不能当面听我讲，也可以看我的译文。译笔很是粗忽，老实说我自己付印前一遍都不曾复看，其中错讹的字句，一定不少，这是我要道歉的一点。其次因为我原意是给母亲看的，所以动笔的时候，就以她看得懂与否做标准，结果南腔北调杂格得很，但是她看我知道恰好，如其这故事能有幸传出我家庭以外，我不得不为译笔之芜杂道歉。

这篇故事，算是西欧文学里有名浪漫事（Romance）之一。大陆上有乐剧（Undine Opera），英国著名剧评家W.L.Contney 将这故事编成三幕的剧本。此外英译有两种，我现在翻的是高斯（Edmund Gosse）的译本。高斯自身是近代英国文学界里一个重要分子，他还活着。他是一诗人，但是他文学评衡家的身分更高。他读书之多学识之博，与 Edward Dowden 和 George Saintsbury 齐名，他们三人的评衡，都是渊源于十九世纪评坛大师法人圣百符（Sainte-Beuve）[1]，而高斯文笔之条畅精美，尤在 Dowden之上，（Saintsbury 文学知识浩如烟海，英法文学，几于全欧文学，彼直一气吸尽，然其文字殊晦涩，读者皆病之。）其 Undine 译文，算是译界难得之佳构，惜其书已绝版耳。

高斯译文前有一长篇 La Motte Fonque 的研究，讲他在德文学界的位置及其事略，我懒得翻，选要一提就算。

这段故事作者的完全名字是 Friedrich Heinrich Karl,

---

① 今译圣佩韦。

Baron de la Fonqué，我现在简称他为福沟①，他生在德国，祖先是法国的贵族。他活了六十五岁，从 1777 年到 1843 年。

他生平只有两样嗜好，当兵的荣耀和写浪漫的故事。他自己就是个浪漫人。

他的职业是军官，但他文学的作品，戏曲诗，小说，报章文字等类，也着实可观，不过大部份都是不相干的，他在文学界的名气，全靠三四个浪漫事，Sintram，Der Zanberring，Thiodulf，Undine，末了一个尤其重要。

福沟算是十九世纪浪漫派最后也是最纯粹的一个作者。他谨守浪漫派的壁垒，丝毫不让步，人家都叫他 Don Quixote。他总是全身军服，带着腰剑，顾盼自豪，时常骑了高头大马，在柏林大街上出风头。他最崇拜战争，爱国。他曾说："打仗是大丈夫精神身体的唯一完美真正职业。"岂不可笑？

他的 Undine 是 1811 年出版。那故事的来源，是希

---

① 今译福凯。

腊神话和中世纪迷信。葛德（Goethe）①曾经将火水土木四原行假定作人，叫火为 Salamander，水为 Undine，木为 Sylphe，土为 Kobold。福沟就借用 Undine，和 Melusine 和 Lohengim（Wagner's Opera，怀格纳②著名的乐剧）的神话关联起来写成这段故事。那大音乐家怀格纳很看重福沟，他临死那一晚，手里还拿着一本 Undine。

福沟出了这段故事，声名大震，一霎时 Undine 传遍全欧，英法意俄，不久都有译文。葛德和西喇都认识福沟，他们不很注意他的诗文。但是葛德读了 Undine，大为称赞，说可怜的福沟这会居然撞着了纯金。哈哀内（Heine，大诗家）③平常对福沟也很冷淡，但是这一次也出劲地赞美。他说 Undine 是一篇非常可爱的诗，"此是真正接吻，诗的天才和眠之春接吻，春开眼一笑，所有的蔷薇玫瑰，一齐呼出最香的气息，所有的黄莺一齐唱起它们最甜的歌

---

① 今译歌德。
② Wagner，今译瓦格纳。
③ 今译海涅。

儿——这是我们优美的福沟怀抱在他文字里的情景，叫作涡堤孩。"

所以这段故事虽然情节荒唐，身分却是很高，曾经怀格纳崇拜，葛德称羡，哈哀内鼓掌，又有人制成乐，编成剧，各国都有译本，现在所翻的又是高斯的手笔——就是我的译手太不像样罢了。

现今国内思想进步各事维新，在文学界内大众注意的是什么自然主义，象征主义，将来主义，新浪漫主义，也许还有立方主义，球形主义，怪不得连罗素都啧啧称赞说中国少年的思想真敏锐前进，比日本人强多了。（他亲口告诉我的，但不知道他这话里有没有 Irony，我希望没有。）在这样一日万里情形之下，忽然出现了一篇稀旧荒谬的浪漫事，人家不要笑话吗？但是我声明在前，我译这篇东西本来不敢妄想高明文学先生寓目，我想世界上不见得全是聪明人，像我这样旧式腐败的脾胃，也不见得独一无二，所以胆敢将这段译文付印——至少我母亲总会领情的。

目 录
CONTENTS

附　录

第一章　骑士来渔翁家情形

　　数百年以前有一天美丽的黄昏，一个仁善的老人，他是个渔翁，坐在他的门口缝补他的网。他住在一极妩媚的地点。他的村舍是筑在绿草上，那草一直伸展到一大湖里，这块舌形的地好像看了那清明澄碧的湖水可爱不过，所以情不自禁地伸了出去，那湖似乎也很喜欢那草地，她伸着可爱的手臂，轻轻抱住那临风招展的高梗草，和恬静怡快的树荫。彼此都像互相做客一般，穿戴得美丽齐整。在这块可爱的地点除了那渔翁和他的家族以外，差不多永远不见人面。因为在这块舌形地的背后，是一座很荒野的树林，又暗又没有途径，又有种种的妖魔鬼怪，所以除非必不得已时，没有人敢进去冒险。但是那年高敬神的渔翁，时常爱漫不经心地穿来穿去，因为在树林背后不远有一座大城，是他卖鱼的地方。况且他老人家志心朝礼，胸中没有杂念，就是经过最可怕的去处，他也觉得坦坦荡荡，有时他也看见黑影子，但是他赶快拉起他清脆的嗓子，正心诚意地唱圣诗。

所以他那天晚上坐在门口很自在地补网，平空吃了一吓，因为他忽然听见黑暗的树林里有𥻒嚓之声，似乎是有人骑马，而且觉得那声浪愈来愈近这块舌地。因此所有他从前在大风雨晚上所梦见树林里的神秘，如今他都从新想起来，最可怕的是一个其大无比雪白的人的影像，不住地点着他很奇怪的头。呀！他抬起头来，向树林里一望，他似乎看见那点头的巨人从深密的林叶里走上前来。但是他立刻振作精神，提醒自己说一则他从来也没有碰到过什么鬼怪，二则就是树林里有神秘，也不见得会到他舌地上来作祟。同时他又使用他的老办法，提起嗓音，正心诚意，背了一段圣经，这一下他的勇气就回复，非但不怕，而且觉察他方才的恐慌原来上了一个大当。

那点头的白巨人，忽然变成他原来很熟悉的一条涧水，从树林里一直倾泻到湖里。但是崒嵝声的原因却是一个华美的骑士，穿着得很漂亮，如今从树荫里骑着马向他的村舍来了。一件大红的披肩罩在他紫蓝色紧身衣外面，周围都是金线绣花。他的金色头盔上装着血红和紫蓝的羽毛，在他黄金的腰带上，挂着一把光彩夺目镶嵌富丽的宝剑。他胯下的白马比平常的战马小些，在轻软的青茵上跑来，那马蹄似乎一点不留痕迹。但是老渔翁还是有些不放心，虽然他想那样天神似的风采，决计不会有可疑的地方；所以他站在他的网边很拘谨地招呼那来客。于是骑士勒住马缰，问渔翁能否容他和他的马过宿。

渔翁回答说，这荫盖的草地不是很好的马房，鲜嫩的青草不是很好的喂料吗？但是我非常愿意招待贵客。预备晚餐和歇处，不过怠慢就是了。

骑士听了非常满意。他从马上下来，渔翁帮着他解开肚带，取下鞍座，然后让它自由溜去。骑士向主人说：

"就使老翁没有如此殷勤招待，我今天晚上总是要扰你的，因为你看前面是大湖，天又晚了，我如何能够再穿过你们生疏的树林回去呢？"

渔翁说，我们不必客气了，他于是领了客人进屋子去。

这屋子里面有一壁炉，炉里烧着一些小火照出一间清洁的房间，渔翁的妻子坐在一把大椅子里。客人进来的时候她站起来很和悦地表示欢迎，但是她仍旧坐了下去，没有将她的上座让客。渔翁见了，就笑着说，年轻的贵客请勿介意，她没有将屋子里最舒服的椅子让客，这是我们穷民的习惯——只有年高的人可以享用最好的座位。

他妻子接着笑道："唉，丈夫，你说笑话了。我们的客是高明的圣徒，哪里会想我们老人家的座位。"她一面对骑士说："请坐吧，青年的先生，那边很好一把小椅子。不过你不要摇摆得太厉害，因为有一只椅脚已经不甚牢靠。"

骑士就很谨慎地取过那椅子，很高兴地坐了下去。他觉得他好像变了他们小家庭的一份子，简直好像去了一会远门刚回家似的。

他们三人于是就开始谈笑，彼此一点也不觉生疏。骑士时常提到那森林，但是老人总说他也不很熟悉。他以为在晚上那可怕的森林总不是一个相宜的谈料。但是一讲到他们如何管家和一应琐碎的事情，那一对的老夫妻就精神抖擞地应答。他们也很高兴听骑士讲他旅行的经验，又说他在但牛勃河发源的地方有一座城堡，他的名字是林司推顿的黑尔勃郎公爵。他们一面谈天，骑士时常觉察小窗下面有些声响，好像有人在那里泼水。老翁每次听得那声音就把眉毛皱紧。但是后来竟是许多水泼上窗板，因为窗格很松，连房子里都是水，老翁气烘烘站了起来，使着威吓的声音向窗外喊道——

"涡堤孩！不许瞎闹。屋子里有贵客，你不知道吗？"

外面就静了下去，只听见嗤嗤的笑声，老翁转身来说道：

"我的尊贵的客人，对不起，请你容恕，她小孩子的顽皮习惯，但是她无非作耍而已。她是我们的养女涡堤孩，她虽然年纪已快十八，总改不了她的顽皮。可是她心里是很仁善的一个女孩。"

老妇人摇着头插嘴说："呀！你倒说得好听，若然你捕鱼或者出门归家的时候，她偶然跳跳舞舞，自然是不讨厌。但是她整天到晚的胡耍，也不说一句像样的话，她年纪又不小，照例应得管管家事帮帮忙，如今你整天去管住她防她闯祸都来不及，你倒还容宠她咧！——唉！就是圣人都要生气的。"

"好，好！"老翁笑着说，"你的事情是一个涡堤孩，我的是这一道湖。虽然那湖水有时冲破我的网，我还是爱她，你也照样地耐心忍气爱我们的小宝贝。你看对不对？"

他妻子也笑了，点点头说："的确有点舍不得十分责备她哩。"

门嘭的一声开了，一个绝色的女郎溜了进来，笑着说道：

"父亲，你只在那里说笑话哩，你的客人在哪里？"但是她一头说一头早已看见了那丰神奕奕的少年，她不觉站定了呆着，黑尔勃郎趁此时机，也将他面前安琪似美人的影像，一口气吸了进去，领起精神赏鉴这天生的尤物，因为他恐怕过一会儿她也许害臊躲了开去，他再不能眼皮儿供养。但是不然，她对准他看上好一会儿，她就款款地走近他，跪在他面前，一双嫩玉的手弄着他胸前挂着的金链上一面一个金坠，说道：

"你美丽、温柔的客人呀！你怎样会到我们这穷家里来呢？你在找到我们之先，必定在世界漫游过好几年！美丽的朋友呀！你是不是从那荒野的森林里来的？"

老妇人就呵她，没有让他回答，要她站起来，像一个知礼数的女孩，叫她顾手里的工作。但是涡堤孩没有理会，她倒搬过一张搁脚凳来放在黑尔勃郎的身边，手里拿着缝纫就坐了下去，一面使着很和美的声音说道：

"我愿意去此地做工。"

老翁明明容宠她，只装没有觉察她的顽皮，把话岔了开去。但是女孩子可不答应。她说：

"我方才问客人是从哪里来的，他还没有回答我哩。"

黑尔勃郎说："我是从森林里来的，我可爱的小影。"

她说："既然如此，你必须告诉我你为什么跑进这森林，因为许多人都怕进去，你必须讲出来，你在里面碰到多少异事，因为凡是进去的人总是碰到的。"

黑尔勃郎经她一提醒，觉得发了一个寒噤，因为他们想着他在林中所碰见的可怕形像似乎对着他狞笑。但是他除了黑夜之外没有看见什么，现在窗外一些儿光都没有了。于是他将身子耸动一下，预备讲他冒险的情形，可是老儿的话岔住了他。

"骑士先生，不要如此！现在不是讲那种故事的辰光。"

但是涡堤孩，气烘烘地跳将起来，两只美丽的手臂插在腰间，站在渔翁的面前大声叫道：

"他不讲他的故事，父亲，是不是？他不讲吗？但是我一定要他讲！而且他一定讲！"

她一头说，一头用她可爱的小脚顿着地，但是她虽然生气，她的身段表情，又灵动，又温柔，害得黑尔勃郎的一双眼，爽性中了催眠一般再也离不开她，方才温和的时候固然可爱，如今发了怒，亦是可爱。但是老儿再也忍耐不住，大声地呵她，责她不听话，在客人前没有礼貌，那仁善的老妇也夹了进米。涡堤孩说道：

"如今你们要骂我，我要怎样你们又不肯依我，好，我就离开你们去了。"

她就像支箭一般射出了门，投入黑暗里不见了。

第二章　涡堤孩到渔人家里的情形

　　黑尔勃郎和渔人都从座位里跳了起来预备追这生气的女孩。但是他们还没有奔到村舍门口，涡堤孩早已隐伏外边雾结的黑暗深处，也听不出那小脚的声音是向哪里去。黑尔勃郎肚了疑惑看着渔人等他解释。他差不多相信这秀美的影像，如今忽然入荒野，一定是和日间在林中作弄他的异迹同一性质。一面老人在他胡子里含糊抱怨，意思是她这样怪僻行径并不是初次。但是她一跑不要紧，家里人如何能放心安歇，在这荒深的所在，又是深夜，谁料得到她不会遭逢灾难呢？

　　"然则，我的老翁，让我们去寻她吧。"黑尔勃郎说着，心里很难过。

　　老人答道："不过上哪里去寻呢？我要让你在昏夜里独

自去追那疯子，我如何过得去，我的老骨头哪里又赶得上她，就是我们知道她在哪儿都没有法子。"

黑尔勃郎说："但是无论如何我们总得叫着她，求她回来。"他立刻就提高声音喊着：

"涡堤孩，涡堤孩呀！快回来吧！"

老人摇摇他的头。他对骑士说叫是不中用的，并且他不知道那娃娃已经跑得多远。虽然这样说，他也忍不住向黑暗里大声喊着："涡堤孩呀！亲爱的涡堤孩！我求你回来吧！"

但是果然不中用，涡堤孩是不知去向，也没有影踪也没有声音。老人又决计不让黑尔勃郎去盲追，所以结果他们上门回进屋子。此时炉火差不多已经烧完结，那老太太好像并没有十二分注意那女孩的逃走，早已进房睡去了。老人把余烬拨在一起，放上一些干柴火焰又慢慢回复过来。他取出一瓶村醪，放在他自己和客人中间。他说道：

"骑士先生，你依旧很替那淘气的孩子着急，我们也睡不着。反不如喝着酒随便谈谈，你看如何？"

黑尔勃郎不表示反对，现在老太太已经归寝，老儿就请他坐那张空椅。他们喝喝谈谈露出他们勇敢诚实的本色。但是窗外偶然有一些声响，或者竟是绝无声响，二人不期而会地惊起说："她来了！"

　　然后他们静上一两分钟，但是她始终不来，他们摇摇头叹口气，重新继续谈天。

　　但是实际上两个人的思想总离不了涡堤孩，于是渔翁就开头讲，当初她怎样来法，黑尔勃郎当然很愿意听。以下就是他讲那段故事：

　　"距今十五年前，我有一次带着货色经过森林，预备上大城去做买卖。我的妻子照例留在家里，那天幸而她没有离家，因为上帝可怜我们年纪大了，赏给我们一个异样美丽的小孩。这是一小女孩。其时我们就商量我们要不要为这小宝贝利益起见，离开这块舌地另外搬到一处与她更相宜的地方。但是骑士先生，你知道我们穷人的行动，不是容易的事体。上帝知道我们到哪里是哪里。这桩心事一径在我胸中盘旋，有时我经过喧闹的城市，我想起我自己这块亲爱的舌地，我总向自己说：'我下次的家总得在这样热闹所在。'但是我总不抱怨上帝，我总是感激他，因为他赐我们这小孩。况且我在森林里来来往往，总是天平地静，从来也没有经历过异常的情形。上帝总是跟着我呢。"

讲到此地，他举起他的小帽子，露出他光光的头，恭恭敬敬地默视一会子，然后他重新将帽子戴上，接着讲：

"倒是在森林这一边，唉，这一边，祸星来寻到了我。我妻子走到我跟前来，两眼好像两条瀑布似的流泪，她已经穿上了丧服。

"我哭着说：'亲爱的上帝呀！我们钟爱的孩子哪里去了？告诉我！'

"我妻说：'亲爱的丈夫，我们的血肉已经到上帝那里去了。'于是一路悄悄地哭着，我们一起走进了屋子。找寻那小孩的身体，方才知道是怎一回事。我的妻子同她一起在湖边坐着，引她顽笑，没有十分当心，忽然这小东西倾向前去，似乎她在水里见了什么可爱的物件。我的妻子看见她笑，这甜蜜的小安琪儿，拉住她的小手。但是过了一会儿，不知道怎样一转身，她从我妻的臂圈里溜了出来，扑通一声沉了下去。我费尽心机寻那小尸体，但是总没有找到，一点影踪都没有。

"那天晚上我们这一对孤单的老夫妇彻静地坐在屋子里，我们无心说话，我们尽流泪。我们呆对着炉里的火焰。忽然门上剥啄一声响，门自己开了，一个三四岁最甜美不过的小女孩，穿扮得齐齐整整，站在门口，对着我们笑，我们当时吓得话都说不出来，我起初没有拿准那究竟是真的小性命呢，还是我们泪眼昏花里的幻象呢？我定一定神，看出那小孩金黄的发上和华美的衣服上都在那里滴水，我想那小孩一定是失足落水。现在要我们帮助哩。

"'妻呀，'我说，'我们自己的孩子是没有人会救的了，但是我们至少应该帮助人家，只要人家也能一样地帮助我们，我们就是地上享福的人了。'

"我们就抱了那小孩进来，放她在床上，给她热水喝。这一阵子她没有说一句话，她只张着她海水一样蓝的一对眼睛，不住地向我们望。到了明天早上，她并没有受寒，我于是问她父母是谁，她怎样会到这里来。但是她讲了一个奇怪荒唐的故事。她一定是从远地方来的，因为，自从她来到现在已经十五年多，我们始终没有寻出，她本来的一点痕迹。并且她有时讲话离奇得厉害，你差不多要猜她是月宫里跌下来的。她形容黄金的宫殿，水晶的屋顶，以及一切古怪的东西。但是她所讲最明了那一段是她母亲领了她在湖上经过，她不小心失足落水，以后她就不记得了，一直等到她醒转来，她已经在岸上树底下，她觉得很快活。

"但是现在我们心里发生了大大的疑虑和焦急。我们自己的孩子不见了，找到了她，我们就养育她同自己的一样，那是很容易决定的。不过谁知道这小东西有没有经过洗礼呢？她自己又不知道。固然她明晓得她生命的产生是仰仗着上帝的灵光和幸福，她也常常告诉我们，我们若然要用上帝光荣的名义来怎样她，她也很愿意。这是我们夫妇私下的讨论。假使她从没有受过洗礼，我们岂不是就应该赶快举行，就是她从前经过洗礼，横竖是好事，少做不如多做。我们就商量替她取个名字，因为一直到现在我们实在不知怎样叫她。结果我们决定叫她做桃洛细亚，因为人家告诉我那个字的意义是上帝的赠品，实际上的确是上帝送她来安慰我们暮年光景。但是她不愿意要那个名字，她说涡堤孩是她父母给她的名字，她再也不乐意人用别的名字叫她。我可是疑心那名字是异教的，我们圣书上从没有见过这样的名字，所以我上城里去与一牧师商量，他亦说涡堤孩的名字靠不住，后来经我再三求他才替她题名，他才答应特别穿过森林到我们村舍，来专办那桩事。但是她那天穿着得那样美丽，她的表情又蜜糖似的，弄得那牧师心不由作主，她又想法去恭维他，同时又挑激他，结果他将所有反对涡堤孩那名字的种种上的理由，全忘记干净。所以结果她洗礼的名字，原旧是涡堤孩，她虽然平时又野又轻躁，行礼那天，说也奇怪，她自始至终异常规矩温和。我妻子说得不错，我们还有可怕的事体对付。只要我告诉你——"

但是他讲到此地，骑士打断了他话头，叫他注意外边声响，好像哪里发水似的，那声响他觉得已经好久，现在愈听愈近，差不多到了窗外。二人跳到门口。他们借着刚起来的月光，看见从树林里流出来那条小涧，涨水两岸都平泻开来，水又来得急。一路卷着石块木条，呼呼向漩涡里滚去。同时大风雨又发作，好像被那水吼惊醒了似的，转瞬一大片黑云将月光一齐吞没，这湖也在暴风翅儿底下汹涌起来，舌地上的树从根到枝叶尖儿一齐呜呜悲鸣，并且不住地摇着，好像那回旋的风吹得他们头都昏了。

两个人一齐着了慌，都拼命地喊着："涡堤孩！涡堤孩！上帝保佑，涡堤孩。"但是一无回响，两人这时也顾不得三七二十一就离开村舍各取一个方向，朝前直冲。

"涡堤孩！涡堤孩！回来！涡堤孩！"

第三章　他们找到涡堤孩的情形

　　他们在黑夜的影子里乱冲乱喊，再也找不到，黑尔勃郎尤其着急。他方才所想涡堤孩终究不知是人非人的问题，重新回到他心里。一面浪呀风呀水呀愈闹愈凶，树枝的声响更来得可怕，这整块长形的地，不久前还是平静可爱，这村舍和居住的人，一起都好像荒唐的幻影。但是，远远地，他依旧听得见那渔人慌张的声浪，叫着涡堤孩，还有屋子里老妇人高声的祷告和唱圣诗，和万窍的号声参差相间。后来他走近那泛滥的涧流，在微茫中看见这猖獗的一条水，一直横扫森林的边儿下来，差不多将这条长形的地切成一岛。

　　"亲爱的上帝，"他自己想着，"要是涡堤孩竟是穿过此地，闯入这不可思议的森林——或者就为我没有告诉她我在里面的经验激怒了她可爱的犟脾气——如今这莽流将我们截成两段，她也许在那边进退两难，种种鬼影中间饮酒哩！"一阵的恐怖盖住了他。他跨过许多石块和打下的枯枝，打算走到那涧边，然后或泳或想法渡过那边去找她。同时他又记起白天在森林里所闻见的骇人奇异的影像。他似乎觉得那最可怕硕大无比的白人在水的那边向他点头狞笑，但是种种幻象幻想无非使他益发奋勇向前，因为那方面愈诡秘，涡堤孩不测的机会亦益大，他如何能让这可怜的小孩独自在死的影子里放着呢？

他已经找到一块很结实的枯梗，将身跨进水里撑着那条新式行杖，狼狈不堪地想和紧旋的急流奋斗；正在这个尴尬辰光，他忽然听见一个甜美的声音在他旁边喊道："小心小心，这条河是很险的！"

他认识这可爱的声音，他踌躇了一会儿，因为他在重荫下差不多一些没有光亮，同时水已经没上他膝盖。但是他不转身。"假使你果真不在那边，假使只要你的幽灵是在我旁边舞着，我也不情愿再活，只要和你一样变一个鬼——喂，我爱，我亲爱的涡堤孩！"

这几句话他使劲喊着，一面尽望急流里冲。

"看仔细，啊唷！小心，你漂亮、情昏的少年呀。"一个声音在他旁边叫，他于是往旁边一闪；刚巧月光又出来了照得很亮，他见在几棵高而交叉的树枝下，一座为水泥造成的小岛上，可不是坐着那涡堤孩，她笑嘻嘻地蹲踞在花草里。

她这一出现，黑尔勃郎立刻精神百倍，使劲地撑着枯枝，向她进发。不上几步他居然出了头，渡过这条猖狂的小"银河"，到了他"织女"的跟前，足下是密软青葱的细草，头顶是虬舞龙盘的树幕。涡堤孩将身子略为站起，伸出她臂膀来，搂住他的项颈，将他拉下来一起蹲着。

"我可爱的朋友，现在在此地你可以讲你的故事了。"她轻轻地吹在他耳边，"此地我们可以自由谈话，那些讨厌的老人家再也不会听见。你看我们这叶织的篷帐不是比那可怜的村舍好些吗？"

黑尔勃郎说："这是真正天堂！"一面将她紧紧搂在怀

里，接着蜜甜的吻。

但是刚正这个时光那老渔人也已经赶到涧边，隔着水向这对密切的青年喊道：

"喂，先生！我没有待亏你，你倒在那里与我养女寻开心，让我一个人着忙在黑暗里乱撞。"

"仁善的老人，我刚才正寻到她哩。"骑士也喊过去。

渔人说："那还说得过去。但是现在请你再不要延宕，赶快将她带过到平地上来。"

但是涡堤孩不愿意听那话。她想就在这荒天野地和这美丽的客人谈天，比回到老家去有趣得多，况且一到家里又不许她自由，客人迟早也要离开。她索性将两臂箍住了黑尔勃郎，口里唱着异样好听的歌。

> 泉水出山兮，
>
> 幽歌复款舞，
>
> 逶延青林兮，
>
> 言求桃花渚；

款舞复幽歌，

忽遘万顷湖，

欣欣合流兮，

止舞不复歌。

老渔人听了她的歌，不由得伤心起来，涕泪淋漓，但是她依旧漠然不动。一面她抱紧她情人吻之不已。后来黑尔勃郎倒不自在起来，向她说：

"涡堤孩，那老人悲伤得可怜，你不动心，我倒不忍心，让我们回去吧。"

她张开她碧蓝的妙眼很惊异地相着他，过了一歇，才慢吞吞含糊说道：

"果然你想我们一定要回去——也好！你说对就是我的对。不过那边老儿，一定要答应回去以后他再也不许拦住你告诉我森林里的故事，其余我倒不管。"

老人喊道："好了，来罢！再不要说废话，来吧！"

同时他伸出他的手臂，隔着水预备接她。一面颠着头，似乎说"依你依你"。他的几卷白发乱糟糟一齐挂在他脸上，这副情形，又提起了黑尔勃郎森林里那颠头大白人。但是此时不管他，黑尔勃郎轻轻将涡堤孩抱在手里，涉过水来。老儿一见她便搂住涡堤孩的颈项接吻，很怜惜她。夹忙里老太太也赶了过来，也搂抱住她。老夫妻再也不呵她，尤其因为涡堤孩也是甜言蜜语哄得老人心花怒放，一场淘气就此了结。

但是宝贝找回来了，湖面上已经渐渐发亮；风雨也止了，小鸟在湿透的树枝上噪个不了。涡堤孩到了家，也不要旁的，只要黑尔勃郎讲他的冒险，老夫妻再也无法，也只好笑着由她。老太太把早餐端出来，放在村背湖边的树下，大家一齐高高兴兴坐了下来——涡堤孩坐在黑尔勃郎足边的草上，因为她只肯坐在这里。于是黑尔勃郎开始讲他的故事。

第四章　骑士在林中经过的情形

"八天以前我骑马到那森林背后的自由城市。我一到刚巧那边举行大赛武会，一大群人围着。我就闯入围去，报名与赛。一天我正站在比武场中休息，除下头盔来交给我从人，我忽然觉察一个绝美的妇人，站在厢楼上一瞬不转地对我望着。我就问旁人她是谁。他们说那美貌女郎的名字叫培托儿达，是本地一贵族的养女。她一径注意我，我自然也回答她的青眼，一面较赛的时候，我也特别卖力，无往不利。那天晚上跳舞会恰巧我又是她的舞伴，从此到赛会完结我们常在一起。"

讲到此地他本来垂着的左手上忽觉得奇痛，打断了他的话头。他转身去看那痛的所在。原来是涡堤孩一口珠牙使劲啮住他的手指，她神气又怒又恨。但是一下子她又转过她钟爱的秋波，倾入他眼内，口里柔声说道——

"这是你自己不好！"

说过她将头别了转去。黑尔勃郎经她出其不意一咬一嗔，又惊又窘，却也无可如何，仍旧继续讲他的故事——

"这培托儿达是又骄傲又乖僻一个女郎。第二日她就没有第一日可爱，第三日更差了。但是我还是与她周旋，因为她在许多骑士内比较要算和我最亲近些。有一天我和她开顽笑，求她给我一只手套。

"她倒庄颜说道：'要我手套不难，只要你单身敢进那森林去，随后来报告我那里面究竟如何情形。'

"我其实并不希罕她的手套，但是我们骑士的习惯，说一句是一句，既然惹了出来，唯有向前干去。"

"我想她爱你。"涡堤孩插进来说。

黑尔勃郎说："是有点儿意思。"

"哼！"她冷笑着叫道，"她不是呆子，来遣开她爱的人。况且遣他到危险的森林里！要是我，情愿不知道森林里的秘密，决不会让他去冒险。"

黑尔勃郎很和气地对她笑笑，接着讲：

"我是昨天早上动身的。我一进森林，只见那树梗经朝阳照着鲜红绝嫩，地下绿草同绒毯一般光软，树叶微微颤动，好像彼此在那里私语，一路绝好的景致，我心里不觉暗笑那城里人诬空造谣，说这样蜜甜的所在有什么奇情异迹。我想用不了多少时候，就可以对穿树林回来。但是我正在欣欣得意，我的马已走入绿阴深处，回过头来已经看不见背后的城市。心里想走迷路倒说不定的，大概他们所以怕者就是为此。我所以停了下来，四面看转来，想找出太阳的方向，太阳那时已升得很高。刚在那个当儿我觉得前面一枝高大橡树上有一个东西。我猜是熊，我就摸刀，但见那件东西忽然发出粗而可厌的人声说道——

"'喂，厚颜先生，假使我不把这些树枝咬了，今晚半夜你到哪里受烧烤去呢？'

"那东西一面狞笑，一面将树枝搅得怪响，我胯下的马一吓立刻放开蹄子狂奔，所以我始终没有看清楚那魔鬼究竟是什么。"

老渔人道："不要这样说。"他将两臂又成十字形；老妇人也照样一做，一声不发。涡堤孩张着明星似的眼向他望，说道："这一段最好的地方，是他们究竟没有烧烤他。再讲，可爱的少年！"

骑士接着说——

"我被吓的马背着我望树枝丛里瞎闯，它浑身是汗，也不听勒束。后来它差不多对准一石罅里冲去。其时我猛然看出我马前发现了一个顶高的白人，我马也见了，吓得停了下来。我乘机扣住了它，我又定神一看，原来方才以为大白人者是一条瀑布的一片银光，从一山脚上一直泻下来，拦断了我马的路头。"

"多谢多谢，瀑布！"涡堤孩喊道，她两只手拍在一起。但是那老人却摇摇头，呆顿顿注视他面前。

黑尔勃郎又讲——

"我刚正整理好鞍缰，我旁边突然发现一个小人，矮而丑得不可以言语形容，浑身棕黄，一个鼻子大得比他其余全体放在一起不相上下。他那阔的口缝一裂，露出怪样的蠢笑，向我鞠上无数的躬。我不愿意和这丑东西胡闹，我就简括地谢了他，旋转我那余惊未已的马，想换一头走走，要是再碰不见什么，想就回去，那时候太阳早过了子午线，渐渐地沉西。但是忽然像电光似一闪，那小东西又站在我马前。

"我恨恨地说道：'闪开去！我的牲口很野，小心它撞倒你。'

"'嘻！'那矮子也发出怒声，这会笑得尤其蠢相。

"他说：'给我些钱，因为我拦住你的马，要是没有我，你同你的马不是早滚入那石罅里去了。哼！'

"'不要装出那许多鬼脸，拿钱去吧，你这谎徒，方才救我的是那瀑布，哪里是你可厌的小鬼！'说着我摸出一块金币投在他双手张着像叫花似那怪样的小帽。我就向前，但是他在背后怪叫，忽然他又并着我的马跑得异样的快。我放开缰绳飞跑，但是他也跟着飞跑，跑得那矮鬼浑身都像脱节似的，看了又可笑又可厌。他手里举起我的金币，一路跳一路叫：'坏钱！坏币！坏币！坏钱！'他放开重浊的嗓子，狠命地喊，每次好像喊断了气。他可怕的红舌头也伸了出来。我倒慌了，只好停了下来；我问他为什么吵得这样凶。'再拿一块去，'我说，'拿两块去吧，给我滚开。'

"他又重新还他奇丑的敬礼，口里狺狺说道：

"'但是我的小先生，不是金子，这不会是金子；这类的废物我自己就有不少；等一等，我给你看。'

"其时忽然地皮变成玻璃似透明，地皮也变成球形，我望进去，只见一大群矿工顽着金子银子。他们翻筋斗，豁虎跳，滚在一起，互以金银相击，彼此以金屑屑吹到面上。我那丑的伴侣，一半在里面，一半在外面；他叫他们把一堆堆金子推给他，他拿出来给我看，哈哈笑着，然后又抛进地里去。他又将我给他的金币递给下面那些人看，他们笑得半死，大家都伸长了脖子发尖声嘲我。后来他们爽性伸出涂满矿屑的指头点着我，愈吵愈凶，愈喊愈响，愈跳愈疯，他们一大群都爬出来向我直奔，那时我可真吓了。我的马也大起恐慌。我两腿拼命一夹，它就电掣似飞跑，这是第二次我在林中瞎闯。

"等到我顿了下来，我觉得一股晚凉。我从树林里望见一条白色的足径，我心里一慰，想那一定是通城里的路。我就往那道上走，但是一个暗洞的面貌，完全白色，形状尽在那里变，从树叶里向我看。我想避了他，但是随你怎样避，他总挡着我。后来我益发狠想冲他过去，但是他抛下一个大白水泡打在我同马身上，一阵昏转，连方向都认不清楚。那东西一步步赶着我们，只让我们看清楚一个方向。等到我们走上那条路，他紧跟在背后，但是似乎没有恶意的样子。过了一会我四面一相，我看出那白水泡的脸是长在一个一样白的奇大无比的身体。我疑心那一定是游行的水柱，但是终究不知道是怎么一回事。那时马和人都倦得很，只好听那白人的指挥，他跟着一路颠头，似乎说：'很对！很对！'所以直到晚来我们到了林边，我望见菜园和湖里的水，你的小村舍，那时候白人也就不知去向。"

"好容易出来了！"渔人说，他于是商量他转去的时候最好走哪一条路。但是涡堤孩一个人在那里傻笑。黑尔勃郎觉得了说道：

"我以为你昨天很欢喜见我？为什么我们讲起我要去，你这样开心？"

涡堤孩说："因为你不成功，随你想法去渡过那泛滥的涧。其实你还是不试为佳，因为那急水里下来的树枝石片，很容易将你冲得粉碎。至于这条湖，我知道父亲也不能很远地撑你出去。"

黑尔勃郎站起来，笑着，看看究竟她讲的是否属实，老人伴着他，涡堤孩在他们旁边跳。他们一看情形，她的话是对的，骑士心里打算既然如此，只好暂时在这岛上等着，水退了再走。他们走了一转，三人一齐回到屋子里，黑尔勃郎在女孩耳边轻轻说道——

"如此便怎么样呢，小涡堤孩呀？我现在要住下来你讨厌不讨厌？"

"哼！"她悻悻地答道，"算了，不要假惺惺！要不是我咬你那一口，谁知道你那故事里还有多少培托儿达哩！"

第五章　骑士住在湖边情形

　　我亲爱的读者，你们在世界上浪漫东西，也许有一天寻到个当心适意的地方你情愿弹扑了你鞋帽上的风尘，打算过几时安静生活。我们本性里恋慕在家园过太平日子的愿望，到那时自然醒了过来。你想起未来的家庭，充满幸福和纯挚的爱情，机会难再，此地既然合适何妨就此住了下来，开手建造呢？事实上结果也许与你那时的理想大相悬殊，也许你日后会懊丧当时的错误，但是这方面我们暂且不管。我们只要各人想起生平预期平安乐境的情形，就可以体会黑尔勃郎当日在湖边住下来的心理。

　　事有凑巧，那涧水愈泛愈宽，简直将这块长地截成岛形，黑尔勃郎心中私喜，因为他借此可以延长他作客的时候。他在村舍里寻出一张弓，他就收拾一下，每天出去射鸟作耍，有时打到了佳味，自是他们的口福。涡堤孩很不愿意他这样丧残生命，每次他带回伤禽，她总责他不应如此残酷。但是他要是没有打到东西，她一样的不愿意，因为没有野味，他们只好鱼虾当膳。她奇怪的脾气反而使得黑尔勃郎享受精美的快感，尤其因为她一阵子娇嗔满面，转眼又放出万种风流，任他细细地消化温柔幸福。那对老夫妻见他们如此亲热，自然有数，也就看待他们好比已经订婚似的，或者竟当他们是已婚的夫妇，因为照顾他们高年，所以移到这岛上来同住。如此清静的生活，简直使黑尔勃郎觉得他已经是涡堤孩的新郎。他幻想这两老一少茅舍小岛以外，再也没有世界，他就想再与世人接触也是枉然；有时他那战马对着主人长鸣，似乎提醒催促他再干英雄事业，有时那锦鞍上宝章猛然向着他闪发光芒，有时他挂在屋里的宝剑从壁上跌了下来，在剑鞘里吐出悲凉的啸声，他的雄心亦未尝不动，但是他总自慰道——"涡堤孩非渔家女，其必为远方贵族之秀嗣无疑"。

如今他听那老妇人谯呵涡堤孩，他觉得老大的不舒服。

虽然这顽皮的孩子总不让人家占便宜，但他总以为他的妻子被责，可是他又不能抱怨老太太，因为涡堤孩其实恶作剧得厉害。所以结果他还是敬爱这主妇，一面自寻欢乐。

但是不多几时，他们平安的生活发生了一个小问题。平常吃饭的时候，要是户外有风（其实每天多有风），渔翁和骑士，总是一杯在手，相对陶然。这酒是渔人从前城里带回来的，现在交通一隔绝，他们的存货已经完结，两个人都觉得不自在起来。涡堤孩还是照样开心，笑得震天价响，他们可无心加入。一到晚上她就离开屋子。她说她不愿看他们两只拉得顶长生气的脸子。刚巧那天气候又变，黄昏的辰光树里风湖里浪叫得怪响，他们心里一吓，一齐跳到门口拦住涡堤孩不许出去，因为他们记起上一次的花样。但是涡堤孩弥陀着一双手，对他们说道：

"要是我，变出酒来，你们给我什么报酬？其实我也不想报酬，只要你们今天拉得长长干燥无味的脸子，有了酒来一润，马上回复原来欢喜的样子，我就满意。你们跟我来吧。这森林的涧水送给我们一大桶好酒在岸边，要是我骗，你们尽管罚我睡一个礼拜不许起来。"

他们似信非信跟了她去，走到涧边，果然见草堆里一个桶，而且看上去竟像上等酒桶。他们就赶紧将这桶朝屋里滚，因为天色很坏，湖礁边头的白沫溅得很高，好像他们探起头来，招呼快下来的阵雨。涡堤孩也忙着帮他们推，这时候大点的雨已经从密层层的乌云里漏下来，她仰起头来望着天说道——

"小心弄湿我们，还要好一会子我们才到家哩。"老儿听了，骂她不应该对天无礼，但是她一个人尽是咯列列笑着。说也奇怪，雨果然没有下来，一直等他们到了家，把桶盖子揭开，试出桶内的确是一种奇味上好的香酿，那雨才倾盆而下，树枝湖水也夹着大发声威。

他们一会儿盛上好几瓶，这一下又可以几天无忧。酒一到立刻满屋生春，老的小的，男的女的，都兴会很高，外边尽让它雷雨，他们围着炉火一起谈笑。老渔人忽然一本正经郑重地说道——

"嘻！你威灵的天父，我们不知道怎样感谢你的恩赏，但是那可怜的主人恐怕已经葬身在河里了。"

涡堤孩笑眯眯对着骑士举起酒杯，接着说："算了，再也不用管他们！"但是黑尔勃郎也庄颜地说道——

"老父呀，只要我能寻得那人，我一定不辞冒险去黑暗中摸索。但是我告诉你，假使我果然找到了那酒主人或是他们一群人，我情愿照原价加倍还他。"

老人听了很中意，他点着头表示赞成他的见解，良心上的负担一去，他就高高兴兴举起杯来一饮而尽。但是涡堤孩向黑尔勃郎说：

"你要花的钱，尽花不妨事。但是你要跑出去瞎找，那不是傻子。你要是不见了，我一定连我的眼睛都哭出来，你一定得答应不去，和我们一起喝酒好。"

黑尔勃郎笑，答道——

"唉，是的，当然！"

她说："既然如此，何必讲那蠢话。各人自己应该当心，何必旁人多管？"

老太太叹了口气，摇摇头别了转去，老头儿也不高兴，责她道：

"你倒好像是异教徒或是土耳其养大来的，但求上帝宽恕我们，你这不学好的孩子。"

"是不错，很对，但是我有我的意见，"涡堤孩接口说，"随他是谁养育我的，你说的话多不相干。"

老儿板下脸来喝道——"少说话！"她虽然唐突惯的，这次可也吓得发颤，抱住黑尔勃郎低声问道——

"难道你也发怒吗，我美丽的朋友？"

骑士握紧她绵似的手，拍拍她的头发。他也说不出什么话，因为老人对涡堤孩如此严厉，他很不愿意，所以这一老一小两呆呆地坐着，彼此都生气，静悄悄过了好一阵子。

第六章　结婚

正在大家觉得尴尬，忽然一阵轻轻的扣（叩）门声从静空气里传了过来，屋子里人一齐骇然。这是我们都有经验的，一桩很无足轻重的事实，因为他突然而来，往往引起绝大的恐慌，但是这一回我们应该记得那奥妙的森林就在他们附近，而且他们这块地是人迹不到的地方。所以他们相顾惶惶，又听见打了几下，跟着一声深深的叹息，骑士就起来去拿刀。但是老人悄悄说道——"假使来的是我所虑的，有兵器也不中用。"

同时涡堤孩已经走近门边，厉声叫道："你若来不怀好意，你地鬼，枯耳庞自会教训你好样子。"

其余屋里的人，听见她古怪的话，更吓了，他们都相着她，黑尔勃郎正要开口问她，门外有人说道——"我不是地鬼，我是好好的人。要是你们愿意救我，要是你们怕上帝，你村舍里面的人，赶快让我进来！"

但是他话还没有说完，涡堤孩早已呀的一声把门打开，手里拿着灯望外面黑夜里一照。他们看见一个老年的牧师，他无意见这样神仙似一个少女，倒吓得缩了回去。他心里想这样荒野地方，一间小茅屋发现了如此美丽的幻象，一定是什么精怪在那里作弄他，所以他就祷告："一切善灵，颂扬上帝！"

涡堤孩笑起来了，说道："我不是鬼，难道我长来丑得像鬼？无论如何，你明明看见你的圣咒没有吓我。我也知道上帝，知道赞美他。神父，进来吧，屋子里都是人。"

牧师战兢兢鞠了一躬，走了进来，他神气很和善可敬。但是他的长袍上，他的白胡上，他的白发上，处处都在那里滴水。渔人同骑士立即引他到内房，拿衣服给他换，一面将他的湿衣交给老太太去烘干。这老牧师至诚地谢他们，但是不敢穿那骑士取给他的锦绣的披肩。他另外选了渔人一件旧灰色外套穿上。等他回到外房，主妇赶快将她自己的太师椅让他坐，再也不许他客气，"因为，"她说，"你年高又'累'了，而且是上帝的人。"涡堤孩老规矩将她平常坐在黑尔勃郎身旁的小凳子推到牧师的脚边，并且很殷勤地招呼这老人。黑尔勃郎轻轻向她说了一句笑话，但是她正色答道——

"他是服侍创造我们一切的他。这并不是闹着玩的事。"

于是骑士和渔人拿酒食给他，他吃过喝过，开头讲他昨天从大湖的对面的修道院动身，打算到僧正管区去告诉大水为灾，修道院和邻近村落都受损失。但是他走到傍晚辰光，有一处被水冲断了，他只得雇了两个船家渡他过去。

"但是，"他接着说，"我们的小船刚划得不远，大风雨忽然发作，水势既狂，漩涡更凶。一不小心，船家的桨都叫浪头打劫了去，转瞬不知去向。我们只得听天由命，几阵浪头将我们漂到湖的这边。后来我神魂飘荡，只觉得去死不远，但是我知觉回复的时候，我身子已被浪头送到你们岛上的树下。"

"你说我们岛上！"渔人说道，"本来连着对面的。但是这几天森林里的急流同湖水发了疯，我们连自己都不知道在哪里了。"

牧师说：

"我在水边黑暗里爬着，满耳荒野的声音，看见一条走熟的路，领到那边咆哮的水里。后来我见到你们屋子里的光，我就摸了过来，我不知道怎样感谢天父，他从水里救了我出来，又送我到你们这样虔敬的人家；况且我不知道我这辈子除了你们四位以外，会不会再见人类呢？"

"你这话怎样讲？"渔人问道。

牧师说："谁知道这水几时才能退？我是老衰了。也许水还没有静下去，我的老命倒用到头了。而况水势要是尽涨，你这里离陆地愈远，你的小小渔舟又不能过湖，也许我们从此再不能与世人接触，也未可知。"

老主妇听了用手支着十字说道："上帝不许！"但是渔人望她笑笑，答道——

"那也并没有什么稀奇，尤其与你不相干，老妻是不是？这几年来你除了森林到过哪？除了涡堤孩和我，你又见什么人呢？骑士先生来了没有几时，神父刚刚到得。假使我们果真同世间隔绝了，他们两位也和我们同住，那岂不是更好吗？"

老太太说："难说得很，同世界上隔绝，想想都可怕。"

"但是你要和我们住了，你要和我们住了。"涡堤孩挨到黑尔勃郎身边轻轻地唱着。

但是他正在那里出神。自从牧师讲了最后一番话，那森林背后的世界，好像愈退愈远。这花草遍地的岛上愈觉得青青可爱，似乎对他笑得加倍的鲜甜。他的新娘在这大地一点上好比一朵最娇艳的蔷薇婷婷开着，并且如今牧师都在手头。他一头想，那老太太见涡堤孩在牧师面前和黑尔勃郎黏得如此紧，露出一脸怒气，似乎一顿骂就要发作。骑士再也忍不住，转过来对牧师说道——

"神父呀！你看在你的跟前一个新郎和新妇。如其这孩子和她父母不反对，请你今晚就替我们证婚。"

一对老夫妇吓了一大跳。他们固然早已想到这件事体，但是他们都放在肚里，就是老夫妻间彼此也没有明讲过，现在骑士忽然老老实实说了出来，他们倒觉得非常离奇。涡堤孩顿然正色不语，呆钝钝看着地上，一面牧师在那里打听仔细实际情形，又问老夫妻主意如何。讲了好一阵子，一切都很满意的决定。主妇就起身去替小夫妻铺排新房，又寻出一对神烛来。同时骑士拿下他金链来，打算拗成两个戒指，预备结婚时交换。但是她一看见，忽然好像从她思想的底里泅了上来，说道——

"不必！我的父母并没有打发我到世上来要饭。他们的确想到迟早这么一晚总要临到我的。"

说着，她奔出门去，一会儿回来手里拿着两人宝贵的戒指，一个递给新郎，一个自己戴上。老渔人很惊骇地注视她，老太太更觉稀奇，因为他们从来不知道小孩子有这对戒指。

涡堤孩说："我的父母将这些小物事缝在我来时穿的衣服里。但是他们不许我告诉随便哪个，除非我结婚。所以我一声不响将它们藏在门外，直到今晚。"

牧师已经将神烛点起，放在桌上，打断他们问答，吩咐那两口子站在他跟前。然后他替他们证婚，老夫妻祝福小夫妻，新娘倚在新郎身上微微动，在那里想心事。突然牧师喊道："你们这群人好古怪！为什么你们告诉我这岛上除了你们四人，再也没有生灵？但是我行礼的时候我见对着我一个高大穿白袍的人一径在窗外望。他这时候一定到了门口，或者他要这屋子里什么东西。"

老太太跳将起来叫道："上帝禁止！"渔人一声不发摇摇头，黑尔勃郎跳到窗口。他似乎看见一道白光，突然遁入黑夜里去了。但是他告诉牧师一定是他偶尔眼花，看错了，于是大家欢欢喜喜围着炉火坐了下来。

第七章　结婚以后当晚的情形

　　那晚结婚行礼涡堤孩始终很知礼节，但是等得一完结，她的顽皮立刻发作，而且比往常加倍放肆。新郎，她的养父母，和她方才很礼敬的牧师，她一一都向开玩笑，直到老妇人真耐不过去，放下脸来想发话。但是骑士很严重地止住了她，意思说涡堤孩现在是他的妻子，不应随便听申斥。在事实上骑士心里也觉得她闹得太过分，但是他用尽种种方法再也不能收束她。有时新娘觉得新郎不愿意，她稍为静一点，坐在他旁边，笑着吹几句软话到他耳边，结果将他皱紧的眉山重新平解了去。但是一波未平一波又起，她不多一会又是无法无天的闹将起来。后来牧师也看不过，正色说道："我年轻的好友，看了你谁也觉得你活泼有趣，但是你要记住总得调剂你灵魂的音乐，使他抑扬顿挫与你最爱丈夫的和谐一致才好。"

"灵魂！"涡堤孩喊道，她笑了起来，"你说得很中听，也许是大多数人应该服从的规则。但是一个人若然连魂灵都没有，那便怎么样呢？我倒要请教，我就是这么一回事。"

牧师还以为她和他顽皮，听了大怒，默然不语，很忧愁地将他的眼光别了转去。但是她盈盈地走到他面前，说道——

"不要如此，你要生气，也先听我讲讲明白，因为你不高兴我也不痛快，人家对你好好的，你更不应该让人家难过。你只要耐耐心心，让我讲给你听我究竟什么意思。"

大家正在等她解释，她忽然顿了下来，好像内部一种恐怖将她抓住，她眼泪同两条瀑布似泻了出来。这一突如其来，大家也不知怎样才好，各人都踧踖不安地向她望着。过了一会她收干眼泪，很诚恳地朝着牧师，说道——

"有灵魂一定是一桩很欢喜的事，也是一件最可怕的事。是不是——先生用上帝名字告诉我——是不是爽性没有它，倒还好些？"

她又顿了下来，似乎她眼泪又要突围而出，等着回答。屋子里的人现在都站了起来，吓得都往后退。但是她只注意牧师同时她面貌上发现一种非常离奇的表情——这表情使得大家心里都充满了绝对的恐怖。

大家没有作声，她又接着说："灵魂一定是一个很重的负担，真是重。我只想到它快临到我，我就觉到悲愁和痛苦。你看，方才我多么快活，多么没有心事！"

她又大放悲声，将衣服把脸子蒙住。牧师很严肃地向着她，用圣咒吩咐，如她心里有什么恶魔的变相，叫她用上帝的威灵驱它出去。但是她跪了下来，将他的圣咒背了一遍，并且赞美感谢上帝，因为她心里很平安清洁。然后牧师向骑士说："新郎先生，你的新妇，我现在听你去管她。照我看来，她一点没有邪恶。虽然有些怪僻，我保举她，望你小心，忠实，爱她。"

说着他出去了，老夫妇也跟着出去，用手架着十字。

涡堤孩仍旧跪在地下，她仰起头，羞怯怯瞅着黑尔勃郎，说道——

"如今你也不要我了，但是我苦命孩子并没有闹乱子。"

她说得楚楚可怜，万分妩媚，黑尔勃郎原来一肚子恐怖和疑心，顿时飞出九霄之外，赶快过去将她抱了起来，温存了一会子。她也从眼涕里笑了出来，好比阳光照着晶莹的涧水。

她轻轻用手拍着他脸子，私语道："你离不了我，你舍不得我。"他毅然决然连肚肠角角里所有的疑惧一齐消灭——因为他曾经想他新娘或者是鬼怪的变相。但是还有一句话，他忍不住问她——

"涡堤孩我爱，告诉我一件事——那牧师敲门的时候，你说什么地鬼，又是什么枯耳庞，究竟什么意思？"

"童话！童话！"涡堤孩说，她笑将起来，重新又乐了。"开头我吓你，收梢你吓我。这算是尾声，也是结束我们新婚夜！"

"不是，这哪里是收梢。"骑士说着，早已神魂飞荡。

他吹灭了烛，涡堤孩先要开口，她一朵樱桃早已被他紧紧噙住，害她连气都透不过来。恰好月光如泻照着这一对情人喜孜孜地进房归寝。

第八章　结婚次日

清晨的光亮将小夫妻惊醒。涡堤孩羞答答将被蒙住了头，黑尔勃郎倚在床上睁着眼思索。他夜间一睡熟就做稀奇可怕的梦，梦见鬼怪变成美妇人来迷他，一会儿她们的脸子全变做龙的面具。他吓醒了，开眼只见一窗流水似的月光。他就很恐慌地望涡堤孩一看（他伏在她胸口睡），只见她沉沉眠熟异样风流。他于是向她玫瑰似的唇上印了一吻，重新入睡，但是不一会又被怕梦惊觉。现在天也亮了，他完全醒了，神仙似新娘依旧无恙，在他旁边卧着，他将过去的经验重头想了一遍，他对于涡堤孩的疑心也彻底解散。他老老实实求她饶恕，她伸出一只玉臂给他，叹了一口长气，默然不答。但是她妙眼里荡漾着万缕深情潜然欲涕，黑尔勃郎如今是死心塌地地相信她的心是完全属他再也没有疑问。

他高高兴兴起来，穿好衣服，走入客堂。他们三个人早已围炉坐着，大家满脸心事谁也不敢发表意见。牧师似乎在那里祷告祈免一切灾难。等到他们一见新郎满面欢容出来，他们方才放心。渔人也就提起兴子和骑士开玩笑，连老太太都笑将起来。涡堤孩也预备好了，出房来站在门口大家都想贺喜她，但是大家都注意到她脸上带着一种奇特又是熟悉的表情。牧师第一个很仁慈地欢迎她，他举手替她祝福，她震震地跪在他面前。她卑声下气请他饶恕昨晚种种的放肆，并且求他祝福她灵魂的健康。然后她起来，与她养父母接吻，谢他们一切恩德——

"我在我的心里感觉你们待我的慈爱，我不知怎样感激才好，你们真可亲爱的人呀！"

她将他们紧紧抱住，但是她一觉察老太太想起了早饭，她立刻跑到灶前去料理端整，只让最轻简的事给她娘做。

她一整天都是如此——安静，和善，留心，居然一位小主妇，同时又是娇羞不胜的新娘。

知道她老脾气的三人，刻刻提防她现狐狸尾巴，归到本来面目。但是他们的打算全错。涡堤孩始终温柔恬静，同安琪儿一样。牧师的眼再也离不了她，他再三对新郎说："先生，上天恩惠，经我鄙陋的媒介，给了你一座无尽的宝藏！你应加意看管，你一辈子已经享用不尽了。"

到了黄昏，涡堤孩温温地将手挽住她丈夫，引他到门口，那时西沉的太阳照着潮润的草和树上的枝叶。这少妇眼里望出来，似乎在那里闪着爱和愁的一簇鲜露，她樱唇上似乎挂着一温柔忧愁的秘密——这秘密的变形能听得见的只有几声叹息。她领着他愈走愈远，他说话的时候，她总是向他痴望，脉脉不语，这里面的消息，是一个纯粹爱情的天堂，世上不知能有多少人领略。他们走到了涨水的涧边，但是这水已经退下，前几日那样汹涌咆哮，如今又回复了平流清浅，他们看了很为惊讶。

"明天，"涡堤孩含着一包眼泪说道，"明天这水可以全退，那时你就可以骑马而去，任你何往，谁也不能阻你。"

骑士哈哈一笑说道："除非和你一起，我的爱妻呀！就是我想弃你逃走，教堂和国家，牧师和皇帝，也会联合起来，替你将逃犯捉回来的。"

"那是全靠你，那是全靠你。"涡堤孩说着，半泣半笑。"但是我想你一定要我，因为我这样爱你。现在你抱我到对面那小岛上去。我们到那边去定夺。我自己也会渡过去，不过哪里有你抱我在手里有趣，就是你要抛弃我，也让我最后在你怀中甜甜地安歇一次。"

黑尔勃郎被她说得难过，不知道怎样回答好。他抱了她过去到那岛上，他方才认明这小岛就是发水那夜，他寻到涡堤孩后来抱她渡水的老地方。他将她一副可爱的负担——放在软草上，自己也预备贴紧她坐下去。但是她说："不是这里，那边，坐在我对面，在你开口之前我先要观察你一双眼。我有话告诉你，留心听着。"于是她开讲——

"我的亲爱的甜心，你一定知道，在四原行里面都有一种生灵，他们外面的形状和人一样。只是不很让你们注目他们，在火焰里有那骇异的火灵，土里有细毒的地灵居住，在树林中有树灵，他们的家在空中，在湖海溪涧里有水灵的全族来往。他们的住所在水晶宫里，高大的珊瑚树结满青翠的果子，在他们园里生长，他们的地上铺满纯洁的海砂和美丽异样的贝壳。古代所有的异宝，和今世不配享受的奇货，都排列在浅蓝波纹的底里，丛芦苔花的中间，和舐爱的涓滴结天长地久的姻缘。水灵在此中居住，形象瑰美，大多比人类远胜。渔人打鱼的时候，往往遇见绝美的水姑，出没烟波深处，唱着人间难得的歌儿。他就告诉他同伴说她们长得多美，后来就叫她们涡堤孩。你此刻，对面坐的你眼里见的就是一个涡堤孩。"

骑士只以为他的娇妻子在那里顽皮，造了一大堆话，来和他闹玩笑。但是他虽然这么想，他同时也觉得有些蹊跷。一阵寒噤从他脊骨里布遍全身。他一句话也说不出，只一直对她望着。但是她凄然摇摇头，叹了一声长气，接续又讲——

"我们原来比你们人强得多——然因我们长得和人一式，我们也自以为人——但是有一个大缺点。我们和其余原行里的精灵，我们一旦隐散，就完结，一丝痕迹也不留下，所以你们身后也许醒转来得到更纯粹的生命，我们只不过是泥砂烟云，风浪而已。因为魂灵我们没有：我们所以能行者无非是原行的力，我们生存的辰光，也可以自己做主，但是等到一死，原行又将我们化为尘土。我们无愁无虑，欣然来往，好比黄莺金鱼和一切自然美丽的产儿。但是所有生物都想上达。所以我的父亲，他是地中海里一个有势力的亲王，愿意他的女孩能够得到一个魂灵，去和人类共享艰难愁苦。不过要得魂灵除非能与人发生爱情结为夫妇。现在我有一个灵魂；这个灵魂是你给我的，我最最亲爱的人呀！只要你不使我受苦，我这一辈子和身后的幸福都算了是你的恩典。假使你离弃了我，你想我如何了得？但是我不能勉强你。所以你若然不要我，立刻说出来，你独自走回对岸去就完了。我就往瀑布里一钻，那是我父亲的兄弟，他在这树林过隐士的生活，不很与他族人来往。但是他很有力，比许多大河都强，更尊重些。我到渔人家就是他带来的，那时的我是一个美丽快乐的小孩，他将要仍旧带我回父母家去——我，有了灵魂，一个恋爱受苦的妇人。"

她本来还要说下来，但是黑尔勃郎一把搂住了她，充满了热情恋爱，将她抱过岸去。然后他热泪情吻，发誓决不捐弃他的爱妻，并且自以为比希腊故事里的匹马利昂（Pygmalion）更有幸福。涡堤孩自然心满意足，二人并肩交臂慢慢走回家来，如今她领会了人间美满的恋爱生活，再也不想水晶宫和她显焕的父亲了。

第九章　骑士偕其妻同归

第二天一早黑尔勃郎醒过来的时候，不见了共衾的涡堤孩，他不觉又疑惧起来。但是他正在胡想，她已经走进身来，吻他一下，坐在床边，说道——

"我今天起得早些，我去见我伯父，问定当一声。他已将水完全收了回去，他现在已在树林里幽幽澹澹地流着，重新归复他隐士的生活。他水里空中许多同伴也都休息去了，所以一天星斗全已散消，随你什么时候动身都可以，你穿过树林也足都不会打湿。"

黑尔勃郎还有些恍恍惚惚，前后事实好像一个荒唐大梦，他怎么会同涡堤孩发生了夫妇关系。但是他外貌依旧坦然，不让涡堤孩觉察，况且这样蜜甜一个美妇人，她就是妖精鬼怪要吃他的脑髓他都舍不得逃走哩。后来他们一起站在门口看风景，青草绿水，美日和风，他稳坐在爱情的摇篮里，觉得异常快乐，他说道——

"我们何必一定今天动身呢？一到外边世界上去，我们再也不要想过这样幽静鲜甜的日子。让我们至少再看两三个太阳落山，再去不迟。"

涡堤孩很谦卑地回答说："悉听主公尊便！就是这对老夫妻总是舍不得离开我的，假使我们再住下去，使他们看见有了魂灵以后的我，充满爱情和尊严的泉流，那时若然分别岂不是害他们连老眼都要哭瞎了吗？现在他们还以为我暂时的平静安详，犹之没有风时候湖里不起波浪一般，我的感情不过像稚嫩的花苗而已。要若然我新生命愈加充满，岂不是连累彼此都受更深切的痛苦吗？要是再住下去我这一番变化又如何瞒得过他呢？"

黑尔勃郎很以为然。他就去见渔翁，告诉他立刻要动身，赶快预备。牧师也愿意一起上路。他们扶了涡堤孩上马，经过那水冲过一块地向森林进发。涡堤孩吞声饮泣，老夫妻放声大哭。他们就此分别了。

三个人已经进了森林的寂静和深厚的树荫。你看这是多有趣一幅图画，左右上下是一碧纯青，好像一座绿玉雕成的宫殿，一头锦鞍玉辔的昂昂战马上坐着天仙似一个美女，一边是神圣高年白袍长袖的老牧师，一边是英武风流遍体金绣的美少年，拥护着缓缓前进。黑尔勃郎一心两眼，只在他娇妻身上。涡堤孩余悲未尽，也将她一汪秋波倾泻在她情人眼里，彼此万缕情丝互相连结。他们走了一阵旁边忽然发现了一个行客，牧师与他随便招呼了一下。

　　他穿一件白袍，很像牧师那件祭服，他的帽子一直拉到眼边，他衣服很长拖了一地，所以他走路都不很方便，时常要用手去整理。等到他对牧师说道——

　　"神父，我在这树林住了好几年，从来也没有想到人家会叫我隐士。我不知道什么悔罪修道，我也无罪可悔无道可修。我就爱这树林，因为它又静又美，我日常在绿荫深处游行徘徊，拖着这件长白袍霍霍作响，偶尔有几线阳光从叶缝里漏下来照着我，我总是无忧无虑，自得其乐。"

　　牧师答道："如此说来你是一位很隐僻的人，我很愿意多领教一点。"

他问道："你老先生又是哪里来的呢？让我们换个题目谈谈。"

神父道："他们叫我哈哀尔孟神父，我是从湖的那边马利亚格拉司修道院里来的。"

"噢，是吗？"这生客说道，"我的名字叫枯尔庞，人家也叫我枯尔庞男爵。我在这林里同飞鸟一样自由，恐怕比它们还要自由些。我乘便有句话对那女郎说。"

他本来在牧师右边走着，一刹那间他忽然在牧师的左边发现，靠近着涡堤孩，他探起身来向她耳边轻轻说了几句话。但是涡堤孩很惊慌地一缩，说道——

"你再也不要缠我。"

"哈哈，"生客笑道，"你倒结得好婚姻，连亲戚都不认了！什么，连你伯父枯尔庞都不理睬，你记不记得他当初背着你到这儿来的？"

涡堤孩答道："我一定要请求你再也不来见我。我现在很怕你，要是我丈夫见我和这样怪伴在一起，有这样稀奇的亲戚，他不要吃吓吗？"

枯尔庞说道："胡说！你不要忘记我是你此地的保护人。要不是我，那些地鬼就要来欺侮你。所以让我静静地护住你同走，这老牧师似乎比你还记得我些，方才他告诉我说他看我很面熟，他说他落水时候似乎见我在他近边。对的，当初是我一片水将他从浪里托出来，后来他平安泳到岸上。"

涡堤孩和骑士都向着哈哀尔孟神父看，但是他一路走好像做梦，人家说话他也不理。涡堤孩对枯尔庞说——

"我们快到森林边儿了，我们再也不劳你保护，其实你虽然好意而来，反而使我们害怕。所以求你慈悲，你离开我们去吧。"

但是枯尔庞似乎很不愿意。他将脸子一沉，对着涡堤孩切齿而视，她吓得喊了出来，叫她丈夫保护。电光似一闪，骑士跳到马的那边，举起利刃望枯尔庞头上砍去。但是刀锋没有碰到什么枯尔庞，倒斩着一条滔滔的急流，从一块方石上流将下来，一直冲到他们身上，骓然一响好像一声怪笑，连他们衣服一齐溅湿。牧师顿然似乎醒过来，说道：

"我早已料到因为这山边的涧贴紧我们流着。在先我觉得他是个人，能说话。"

在黑尔勃郎耳中，这瀑布明明在那里说话——

"敏捷的骑士，壮健的骑士，我不生气，我也不闹。望你永远如此保护你可爱的新娘。骑士你如此壮健，活泼的青年！"

不上几步，他们已出了树林。皇城已在他们面前，太阳正在沉西，城里的楼台都好比镀金一样，他们的湿衣服也渐渐晒干。

第十章　他们在城中居住情形

黑尔勃郎骑士的失踪早已传遍皇城，所有曾经瞻仰过他的丰采或是见过他比艺的人都觉得非常忧虑，他的从人还在城守着，但是谁也没有胆子进林去冒险寻他，接着又是大水为灾，骑士依旧影踪毫无，人人都以为他已遭不幸，培托儿达也自悲蹇运，懊悔当初不该诱他进林探险。她的养父母公爵和公爵夫人要来领她回家，但是她劝他们陪她一起，住在城里等骑士是死是生有了确实消息再说。同时另外有许多骑士也和她相识，她也怂恿他们进森林。但是她还希望黑尔勃郎生回，所以不敢冒昧以身许人；因为她的悬赏无非是缎带，手套，至多不过一吻，谁也不愿意用性命去拼，而况去寻他们自己的情敌呢？

所以等到黑尔勃郎突然回来，他的从人不用说，所有城里的居民，单除了培托儿达，没有一个不惊喜交集；尤其因为他带回了一个绝美的新娘，哈哀尔孟神父证婚，大家更觉得高兴，但是培托儿达别有一腔心事，万分忧急。第一因为她到这个时候实在一心一意地爱这青年的骑士，再兼之他失踪期内她焦急情形大家知道，如今骑士带了妻子回来，大家更要注意她的态度。但是她行为非常大方，丝毫不露痕迹，待涡堤孩也很和气。讲到涡堤孩，人家都以为是哪里国王的公主，大概被什么术士咒禁在森林里，此次被骑士救了出来。他们要是再问下去，这对小夫妻或是不答或是将话岔了开去。牧师的口也是金人三缄，并且黑尔勃郎一到就叫人送他回修道院去，所以再也没有人泄露真情，大家只得瞎猜算数，就是培托儿达也想不出其中奥妙。

涡堤孩同培托儿达的交情一天密如一天。她总说："我们从前一定相识，否则你我之间定有一种很深妙的同情连锁，因为若然没有隐秘的理由，我决计不会得初次见面就这样亲切地爱你。"培托儿达也承认她一见涡堤孩就发生奇样的感情，虽然表面涡堤孩似乎是她得胜的情敌。她们两个人一密切就不愿意分离，一个就劝她的养父母，一个劝她的丈夫，大家展缓行期。后来甚至提议培托儿达送涡堤孩到林司推登城堡，在但牛勃河的发源处。

　　一天愉快的晚上，他们在皇城市场上徘徊，周围都是高树，商量动身的事。时候已经不早，三人尽在星光下散步闲谈，市场中间有一石坛上面一个绝大的喷泉，雕刻也很美丽，水声奔洒淅沥，好比音乐一般，他们看着都说好。树影的背后露出附近人家的光亮，一面一群小孩在那里顽耍，其余偶尔路过的人也很快活。他们三个人说说笑笑，非常得意，日间他们讲起这事似乎觉得还有问题，但是现在一谈，所有困难都完美解决，培托儿达定当和他们同行。但是他们光在那里决定哪一天动身，忽然一个身量高大的人从市场中间走近他们，向他们很客气地鞠了一躬，望涡堤孩耳边轻轻说了句话。她虽然很不愿意这人来打断他们话头，她还是跟了他走开几步，他们开始用很古怪的言语谈话。黑尔勃郎猛然觉得曾经见过这人，他瞪着眼尽向他望出了神，一面培托儿达不懂什么一回事，很慌张地问他，他也没有听见。一会儿涡堤孩很高兴地拍拍手走了回来。那人一路点头匆匆地退后，走入喷泉里面去了。如今黑尔勃郎心里想他已经明白这意思，但是培托儿达问道——

"亲爱的涡堤孩，那'喷泉人'问你要什么？"

涡堤孩很奥妙地笑着，回答说——

"后天你生日你就知道，你可爱的孩子！"

她再也不能多说。她请培托儿达和她的养父母那天吃饭，他们就分别了。

培托儿达一走开，黑尔勃郎就问他妻子："枯尔庞吗？"不觉打了一个寒噤，他们慢慢从黑暗的街上走回了家去。

涡堤孩答道："是的，是他，他想出种种诡计要费我的时光。但是他今夜可告诉我一件事，我听了很欢喜。假使你一定立刻要知道这新闻，我亲爱的主公，你只要命令一声，我就一字不遗地讲给你听，但是你若然愿意给你的涡堤孩一个很大很大的欢喜，请你等到后天，听我出其不意当众报告。"

骑士乐得做个人情，当时也就不追问。那天晚上涡堤孩睡梦中，还在那里呓语道——"后天她要知道了这喷泉人的新闻，培托儿达这孩子不知道是多少欢喜，多少惊异哩！"

第十一章　培托儿达的生日

　　那天涡堤孩请客，主客都已入席；培托儿达，遍戴珍珠花朵，朝外坐着，光艳四照，好比春季的女神。她的两旁是涡堤孩和黑尔勃郎，等得正菜吃过，点心送上来的时候，德国旧时习惯照例开直大门，好使外边人望进来看见，是与众共乐的意思。仆役拿盘托着酒和糕饼分给他们。黑尔勃郎和培托儿达都急于要知道这涡堤孩答应报告的消息，老是望着她。但是她不加理睬，独自眯眯笑着只当没有那回事。和她熟悉的人，见得出她欢容满面，两叶樱唇，喜矜矜好像时常要吐露她忍着的秘密，但是她盘马弯弓故意不发，好比小孩难得吃到一块甜食，舍不得一起咽下，含含舐舐，还要摸出来看看。黑尔勃郎和培托儿达明知她在那里卖关子，可也没有法想，只得耐着，心里怦怦地跳动，静等这乖乖献宝。同座有几个人请涡堤孩唱歌。她很愿意，叫人去取过她的琴来，弹着唱道——

朝气一何清，

花色一何妍，

野草香且荣兮，

苍茫在湖水之边！

灿灿是何来！

岂其白华高自天，

跌入草田裙前哉？

呀！是个小孩蜜蜜甜！

蜜蜜甜无知亦无怨，

攀花折草儿自怜，

晨光一色黄金鲜，

铺遍高陌和低阡。

何处儿从来？蜜饯的婴孩，

儿从何处来？

远从彼岸人不知，

湖神载儿渡水来。

儿呀！草梗有刺芽，

小手嫩如芽，

儿切莫乱抓，

草不解儿意，

花亦不儿语，

红红紫紫徒自媚，

花心开蕤香粉坠，

儿亦无人哺，

饥饿复奈何，

儿以无娘胸，

谁唱"罗拉"歌；

阿儿初自天堂来，

仙福犹留眉宇间，

问儿父母今何在，

乖乖但解笑连连。

看呀！大公昂藏骑马来，

收缰停骖止儿前，

锦绣园林玉楼台，

儿今安食复安眠，

无边幸福谢苍天，

儿今长成美复贤，

唯怜生身父母不相见，

此恨何时方可蠲。

涡堤孩唱到此处琴声戛然而止，她微微一笑，眼圈儿还红着。培托儿达的养父母公爵和公爵夫人也听得一包眼泪。公爵很感动，说道："那天早上我寻到你，你可怜蜜甜的孤儿，的确是那样情形！歌娘唱得一点不错；我们还没有给你最大的幸福。"

涡堤孩说道，但是你们应该知道那两老可怜的情形。她又拨动了琴弦唱道——

娘入房中寻儿踪，

鼠穴虫家尽搜穷，

阿娘泪泻汪洋海，

不见孩儿总是空。

儿失房空最可伤，

光阴寸寸压娘肠，

哭笑咿呀犹在耳，

昨宵儿摇入睡乡。

门前掬实又新芽，

明媚春光透碧纱，

阿娘觅儿儿不见，

满头飞满白杨花。

白日西沉静暮晖，

鹧鸪声里阿翁归，

为怜老妻犹强笑，

低头不觉泪沾衣。

阿父知是兆不祥，

森林阴色召灾殃，

如今只有号咷母，

不见娇儿嬉筐床。

　　"看上帝面上，涡堤孩，究竟我父母在哪里？"培托儿达哭着说，"你一定知道，你真能干，你一定已经寻到了他们，否则你决计不会使我这样伤心。他们也许就在此？会不会是——"

　　她说到这里，向同席的贵人望了一转，她眼光停住在一个皇室贵妇身上，她坐在公爵夫妇旁边。涡堤孩站起来走到门口，她两眼充满了极剧的感情。

　　"然则我可怜的生身父母究竟在哪里呢？"她问道，说着老渔人和他妻子从门前群众里走了出来。他们的眼，好像急于问讯，一会儿望着涡堤孩，转过去又看着遍体珠罗的培托儿达，两老心里早已明白她就是他们遗失的爱女。"是她。"涡堤孩喜得气都喘不过来，这一对老夫妇就饿虎奔羊似赶上去抱住了培托儿达，眼泪鼻涕，上帝天父，斗个不休。

　　但是培托儿达又骇又怒，撒开了他们向后倒退。她正在那里盼望发现出一对天潢贵胄的父母，来增加她的荣耀，她又生性高傲，哪里能承认这一双老惫低微的贱民。她忽然心机一动，想不错一定是她的情敌安排的诡计，打算在黑尔勃郎和家人面前羞辱她的。她一脸怒容向着涡堤孩，她又恨恨地望着那一对手足无措的老百姓。她开口就骂涡堤孩摆布她，骂渔翁夫妇是钱买来索诈的。老太太自言自语地说道："上帝呀，这原来是个恶女人，但是我心里觉得生她的是我。"渔翁捻紧了手，低头祷告，希望她不是他们的女儿。涡堤孩一场喜欢，如今吓得面如土色，睁大了眼看看这个，义看看那个，她再也料不到有这场结果。

　　"你有没有灵性？你究竟有灵魂没有。培托儿达喂！"她对她发怒的朋友说，好像疑心她在那里发魇，像是失落了神智，想唤她醒来。但是培托儿达愈闹愈凶，被拒的一对不幸父母爽性放声大号，看客也都上来各执一是，吵个不休，涡堤孩一看神气不对，她就正颜严色吩咐有事到她丈夫房里去讲，大家都住了口。她走到桌子的上首，就是培托儿达坐的地方，大家的目光都注着她，她侃侃地演说道——"你们如此忿忿地对她看，你们吵散了我畅快的筵席，唉！上帝，我再也想不到你会得这样蠢，这样硬心肠，我一辈都猜不透什么缘故。如今结果到如此田地，可并不是我的错处。相信我，这是你的不是，虽然你自己不肯承认。我也没有话对你说，但是有一件事我要声明——我没有说谎，我虽然没有事实上证据，但是我所说的我都可以发誓保证。告诉我这件事的不是旁人，就是当初将她诱入水去，后来又将她放在草地上使公爵碰到的那个。"

"她是个妖女，"培托儿达顿然叫了出来，"她是个女巫，她同恶鬼来往！她自己承认的！"

"那个我不承认，"涡堤孩答道，她满眼自信力和纯洁可敬的神情，"我不是女巫。你们只要看我就明白。"

培托儿达接口说："然则她造谎恫吓，她不能证明我是那些贱民的女儿。我公爵的父母，我求你们领了我出这群人，出这城子，他们只是欺侮诬毁我。"

但是高尚的公爵依旧站着不动，公爵夫人说道——
"我们总要明白这回事。天父在上，此事若不是水落石出，我决不离此室。"

于是渔人的妻子走到她旁边，深深福了一福，说道——

"我在你高贵敬天的夫人面前，披露我的心。我一定得告诉你，若然这恶姑娘是我的女儿，她的两肩中间有一点紫蓝的记认，还有她左足背上也有一点。只要她愿意跟我出这个厅堂去——"

培托儿达抗声说道："我不愿意在那个村妇面前解衣。"

"但是在我面前你是愿意的，"公爵夫人很严厉地说道，"你跟我到那房里去，这仁善的老太太也来。"

三个人出去了，堂上剩下的人鸦雀无声地静候分晓。过了一会，他们回了进来，培托儿达面无人色，公爵夫人说道——

"不错总是不错，我所以声明今天女主人所说的都已证实。培托儿达的确是渔人夫妇的女儿，大概你们旁观人所要知道者也尽于此。"

爵爷和夫人领了他们养女走了出去，爵爷示意渔人和他妻子也跟了去。其余都私下议论。涡堤孩一肚子委屈，向黑尔勃郎怀里一倒放声悲泣。

第十二章　他们从皇城动身旅行

林司推顿的爵士（黑尔勃郎）并不愿意那天纷乱的情形。但是事实上既已如此，他反而觉得很满意，因为他的娇妻临事如此忠实，恳切，尊严。他心里想："如其我果然给了她一个灵魂，我给她一个比我自己的还强些。"他所以赶快来慰藉悲伤的涡堤孩，打算明天就动身，因为出了这桩事体以后，她对于这地方也不会再有多大兴会。但是舆情对于她还是没有改变。非常事实的发现往往有些预兆，所以培托儿达来源的证明也没有引起多大的惊异，众人很多反对她，因为那天她行为过于暴烈。但是他们夫妻不很知道这情形。他们再也不愿多麻烦，所以三十六策走为上策。

明天一早一驾清洁的马车已经在客寓门口等涡堤孩。

黑尔勃郎和他从人的马也都预备好了。骑士刚领着他夫人走出门来，一个渔装女郎走了上来。

黑尔勃郎说道："我们不要你的货，我们正在动身。"

女郎啜泣起来，他们才觉察她是培托儿达。他们领了她重新进去，一问才知道公爵夫妇怪她那天行为过于焦躁，不愿意继续养她，虽然给了她一份很厚的嫁奁。渔人夫妇受了他们奖赏，那天晚上已经回他们天地去了。

"我想跟他们同回去，"她接着说，"但这老渔人，人家说他是我父亲——"

"他们说得不错，培托儿达，"涡堤孩插口道，"那天你以为喷泉人者确实对我说的。他教我不要领你一起回林司推顿城堡去，所以他泄露这机密。"

"然则，"培托儿达说，"我的父——既然如此——我的父说道：'我不要你，除非你脾气改过。你要跟我们独身穿过这树林，那才证明你爱我们。但是不要再摆女爵主架子，你要来就是个渔娘。'我很想听他吩咐，因为全世界都已经不认识我，我愿意和我穷苦的父母独自过一世渔家女的生活。但是，老实说，我实在不敢进森林去。里面多是妖精鬼怪，我又如此胆小。但是有什么办法呢？我此时无非来向林司推顿的贵妇赔罪，求她饶恕我前天种种无礼。夫人呀！我知道你是一番好意，但是你不知道我听了你的话好像受伤一样，我又骇又怒，忍不住滚出了许多卤莽疯狂的说话。宽恕我吧！宽恕我吧！我是如此十分倒运，你只要替我设身处地想想，昨天开宴之前，我是如何身分，但是我今天呢？"

她涕泗滂沱说了这一番话，她的手抱住了涡堤孩的项颈。她也感动得很半晌说不出话来，但是末了她说——

"你跟我们一起到林司推顿去吧，一切都照我们前天的预算，只要你仍旧叫我的名字，不要什么夫人呀、贵妇呀，闹不清楚。你要知道我们从小的时候彼此交换，但是从今以后我们住在一起，再没有人力能够分散我们。但是第一件事就是你陪我们去林司推顿。我们犹如姊妹一样，有福同享，快在此决定吧。"

培托儿达满面羞容飘过眼去望着黑尔勃郎。他看她受了这样委屈，早动了恻隐之心，连忙伸出手来挽住了她，亲亲切切地请她放心，他们夫妇总不会亏待她。

他说："我们会派人去关照你父母为什么你不回家。"他接着替那对老夫妇想法子，但是他觉得培托儿达一听见提起她父母就双眉紧蹙，他就将话岔了开去，再也不提。他就携着她手，送她上车，其次涡堤孩；自己骑上马，并着她们的车欣欣上路，一会儿出了皇城，将种种不快意的经验一起弃在后面；二位女眷坐在车上也说说笑笑，吸着新鲜空气，浏览着乡间景色。

赶了几天路程，他们一天傍晚到了林司推顿的城堡。所有的侍从一齐上来拥住了他们幼主，交待一切，所以涡堤孩独自和培托儿达一起。她们爬上了堡塞的高墙，赏玩下面希华皮亚的景色。忽然一个高人走了上来，对她们恭恭敬敬行了个礼。培托儿达猛然记起了那晚皇城市场上所见的喷泉人。涡堤孩旋过去向他一看，露出不愿意带着威吓的神色，培托儿达想一定就是那妖怪，正在惊疑，那人一路颠头，匆匆退下，隐入邻近一座灌木林去了。但是涡堤孩说道——

"不要怕，亲爱的小培托儿达，这一次他再也不会来缠你了。"

她于是从头至尾将这段故事一齐讲了出来，她自己是谁，培托儿达如何离开她的父母，她自己如何到他们那里去。培托儿达开头听了很吓。她以为她朋友忽然疯了，但是她愈听愈信，恍然明白。她想想真奇怪，从小听见的荒唐故事，如今非但亲身经历，而且自身受了一二十年的播弄，方才打破这谜。她很尊敬地相着涡堤孩，但是禁不住发了一个寒噤，总觉得她是异类；一直等到他们坐下吃夜饭，她心里还在那里疑虑黑尔勃郎如何会得同鬼怪一类东西发生恋爱。

第十三章　他们居住在林司推顿
城堡时情形

　　写下这故事来的人，因为他自己心里很受感动，所以希望人家看了也可以一样感动，但是他要向读者诸君道一个歉。他要请你们原谅，如其他现在用很简的话报告你们在一长时期内所发生的事件。他明知道他很可以描写如何一步一步黑尔勃郎的爱情渐渐从涡堤孩移到培托儿达，如何培托儿达的热度逐渐增高和他做爱，如何他们合起非但不可怜涡堤孩，而且视为异族，逐渐地疏忽她，如何涡堤孩悲伤，如何她的眼泪和骑士良心上戳刺，再也不能回复他从前对她的恋爱，所以虽然他有时对她还和气，一会儿又发了一个寒噤，抛开了她，去和真人的女郎培托儿达寻欢谈笑。作者很知道这几点都可以，并且也许是应该，从详叙述，但是他心肠硬不起来，因为他生平也有过同样的经验，如今想起了，心里还像锥刺，眼泪和面条一般挂将下来，何况动手来写呢？亲爱的读者呀！大概你们也免不了有同样的感觉吧？人世间的趣味原应该用痛苦来测量。假使你在这行业里面，你所得的痛苦比你给人的痛苦来得多，你就赚了钱，发了财。因为在这类情形之下，所有唯一的感觉，无非你灵魂中心窝里蜿蜒着几丝蜜甜的悲伤，精美的忧郁，或者你想到了那一处园里湖上从前是你销魂的背景，如今都如梦如寐，渺若山河，你鼻脊里就发出一阵奇酸，两朵水晶似泪花，从眼眶里突了出来，慢慢在你双颊上开了两条水沟。好了，我也不再多说下去；我并不愿意将你们的心刺成千穿百洞，让我言归正传，简简地接着讲吧。可怜的涡堤孩异常悲伤，而他们两个也并不真正快乐，但是培托儿达还不满意。她于是逐渐地专制跋扈起来，涡堤孩总是退让，再加之一个情热的黑尔勃郎处处总袒护她。同时城堡里生活也反常起来，到处有鬼灵出现，黑尔勃郎和培托儿达时常碰到，但是以前从来也没有听见过。那个高白人，黑尔勃郎是很熟悉了，认识是枯尔庞，培托儿达也知是喷泉怪，也时常在他们二人跟前出现恫吓，尤其欺凌培托儿达，她有一次甚至吓得害病，所以她时常决意要离开这城堡。但是她依旧住下去，一部分为她恋爱黑尔勃郎，一部分因为她自恃清白，就有鬼怪也没奈何她；并且她也不知道往哪里去好。这老渔人自从接到了林司推顿爵士的信告诉他培托儿达和他一起住着，他就乱七八糟写了一封回信，他一辈子也不知写过几封信，他的文字之难读可想而知。他信里说道——

"我现在变了一个孤身老头，因为我亲爱忠信的妻子已经到上帝那里去了。但是我虽然寂寞，我情愿有培托儿达的空房，不希望她回来。只要你警戒她不要伤损我亲爱的涡堤孩，否则我就咒她。"

这几句话培托儿达只当耳边风，但是她可记得她父亲叫她住在外面，这种情形本来很普通的。

有一天黑尔勃郎骑马去了，涡堤孩召集了家里的仆役，吩咐他们去拿一大块石头来盖塞了堡庭中间华美的喷泉。

仆役们抗议，因为喷泉塞住了，他们要到下边山石里去取水。涡堤孩显出忧伤的笑容，说道——

"我很抱歉使你们要多忙些，我很情愿自己下山去取水。但是这喷泉非关塞不可。听我的话，再没有旁的办法。我们虽然有些不方便，但是我们可以免了很大的不幸。"

所有的仆役都高兴女主人如此和气诚恳；他们再也不抗议，一齐下去扛了一块呆大的石块上来。他们刚放下地，预备去盖住泉眼，培托儿达跑将过来，喊着止住他们。她每天自己也用这泉水洗涤，所以她不答应将它关塞。但是平常虽然总是涡堤孩让步，这一步她却不放松。她说她既然是一家的主妇，一切家里的布置当然要照她吩咐，除了爵主以外她不准第二人干涉。

"但是你看，哼！看吧！"培托儿达叫道，又恼又急——"看，这可怜的水缠绕地喷着，似乎他知道要遭劫，他再也不得见阳光，再也不能像镜子似的反照人面。"她正说着，这水突然高冲，发出尖厉的响；好像有东西在里面挣扎着要冲出来似的，但是涡堤孩益发坚定命令立刻下手封盖。

这班下人很愿意一面讨好女主人，一面惹怒培托儿达，也不管她大声狂吼恫吓，他们七手八脚一会儿将这泉口掩住。涡堤孩倚在上面沉思了一会，伸她尖尖的玉指在石面上写了好些字。但是她一定在手藏着一种尖利的器具，因为她一走开，人家过去看的时候只见上面刻着种种奇形的文字谁都不认识。

黑尔勃郎晚上回家，培托儿达接住了他，淌着眼泪抱怨涡堤孩的行径。他怒目向着他妻子，但是她，可怜的涡堤孩，很忧伤地敛下了她的眼睫。然后她平心静气地说道——

"我的主公和丈夫，就是定罪，一奴仆也给他一声辩的机会。何况他自己正式的妻子呢？"

"那么你说，为什么你有这样奇异行为？"骑士说着，满面霜气。

涡堤孩叹口气说道："我不能在人前对你说。"

他答道："培托儿达在这里，你告诉我还不是一样？"

"是。假使你如此命令我，"涡堤孩说，"但是你不要命令。我恳求你，不要如此命令。"

她说得又谦卑，又和气，又顺从，骑士的心里忽然回复了从前快乐日子的一线阳光。他执住了她的手，引她到他的房里，她于是说道——

"你知道我们凶恶的枯尔庞伯父，我亲爱的主公，你也时常在堡塞的廊下受他的烦扰是不是？他有时甚至将培托儿达吓出病来。看起来他并没有灵魂，他无非是一个外界元行的镜子，在这里面照不出内部的境界。他只见你时常和我不和睦，见我一个人为此时常哭泣，见培托儿达偏拣那个时候欢笑。结果是他想象了许多愚笨的见解，要动手来干涉我们。我就是抱怨他叫他走，又有什么用？他完全不相信我的话。他卑微的本性估量不到爱情的苦乐有这样的密切关系，两件事差不多就是一件事，要分开他们是不成功的。笑自从泪湿的心里出来，泪是从喜笑的眼里出来。"

她仰起来望着黑尔勃郎，娇啼欢笑，一刹那从前恋爱的速力又充满了骑士的心坎，她也觉得，将他搂紧在胸前，依旧淌着欢喜的眼泪接着说道——

"既然扰乱治安的人不肯听话，我没有法想，只得将门堵住不许他再进来。而他接近我们唯一的路就是那喷泉。他和邻近的水灵都有仇怨；从再过去的一个山谷，一直到但牛勃河如其他的亲知流入那河，那边又是他的势力范围了。所以我决定将喷泉封盖起，我在上面还写着符呢，如此他也不来干涉你，或是我，或是培托儿达。固然只要小小用些人力就可以将那块石盖移去，又没有什么拦阻。假使你愿意，尽管照培托儿达主意做去，但是你要知道她再也想不到她执意要的是什么东西。枯尔庞那祸根尤其特别注意她，要是他时常对我所预言的果然有朝发现，难说得很，我爱，要知道事体不是儿戏呢？"

黑尔勃郎听了很感激他妻子的大量，她想尽种种方法，将她自己的亲人摒斥，为的非但是一家的安宁，并且也体谅到培托儿达。他将她抱入怀中很动感情地说道——

"那块石头准它放上，从此谁也不许移动，一切听你，我最甜美的小涡堤孩。"

她也软软地抱紧他，心里觉得天堂似快乐，因为夫妻生疏了好久，难得又听见了这样爱膏情饿的口吻。二人着实绸缪了一下，最后她说道——

"我最亲爱的一个，你今天既然这样甜美温和，可否让我再恳一个情？你只要自己知道，你同夏天一样。就是阳光照耀的时光，说不定云章一扯起，风雨雷电立刻就到眼前。这固然是自然的威灵，犹之人间的帝王。你近来动不动就发脾气，开口看人都是严厉得很，那固然很合你身分，虽然我总免不了孩子气。往往一个人哭泣，但是请你从今以后千万不要在近水地方和我发气，因为水里都是我的亲戚，他们无知无识只见我被人欺凌就要来干涉，他们有力量将我劫了回去，那时我再也不得出头，这一辈子就离不了水晶宫殿，再也不能和你见面，就是他们再将我送回来，那时我更不知如何情形。所以求你，我的甜心，千万不要让这类事发生，因为你爱你可怜的涡堤孩。"

他郑重答应听她的话，于是夫妇一同走出房来，说不尽的畅快，彼此充满了恋爱。培托儿达走过来，带了好几个工人，一脸怒容说道——

"算了，秘密会议已经完毕，石头也可以搬走了。去，你们去扛下来。"

但是骑士很不满意她如此跋扈，放了脸子，简简说道——"石头准她盖上。"他接着说培托儿达不应与涡堤孩龃龉。那群工人一看如此形景，暗暗好笑，各自搭讪着走了开去，培托儿达气得面色发青，旋转身奔向她自己房中去了。

晚饭时间到了，培托儿达还不出来。他们就差人去看她，但是她房中空空只留下一封信给骑士。他骇然拆封，读道——

"渔家贱婢，安敢忘形。孟浪之罪，无可祷也。径去穷舍，忏悔余生。夫人美慧，君福无涯。"

涡堤孩深为愁闷。她很热心地催黑尔勃郎赶快去寻回他们的逃友。其实何必她着急呢？他从前对培托儿达的感情重新又醒了过来。他立刻电掣似遍查堡内，问有人曾见女郎下山否。大家都不知道，他已经在庭中上了马，预备沿着他们当初来路寻去。刚巧有人上山来报告说，有一女郎下山，向"黑谷"而去。箭离弦似的，骑士已经驰出了堡门，望"黑谷"追去，再也听不见窗口涡堤孩很焦急的喊道——

"到黑谷去吗？不是那边，黑尔勃郎，不是那边！就是要去也领我同去！"

但是他早已影踪毫无，她赶快叫人预备她的小马，放足缰绳，独自追他去了。

第十四章　培托儿达偕骑士回家情形

　　黑谷深藏在万山之中，人迹罕到之处。邻近居民以其隐秘故名之曰黑谷，其中深林箐密，尤多松树。就是山缝里那条小河也是黑蔚蔚地流着，似乎紧锁眉头，幽幽地声诉不见天日之苦。现在太阳早已落山，只剩了黄昏微茫，那山林深处，益发来得荒惨幽秘。骑士慌慌张张沿着河岸前进。他一会儿又怕跑得太匆忙，跑过了她的头。一会儿又急急加鞭，防她走远了。他此时入谷已深，照理他路如其没有走错，他应该就赶上那步行的女郎。他一肚子胡思乱想，深恐培托儿达迷失。他想她一个娇情的女孩，如今黑夜里在这荒谷中摸路，天色又危险得很，暴风雨就在眼前，要是他竟寻不到她，那便如何是好。最后他隐隐望见前面山坡上一个白影子，在树荫里闪着。他想这是培托儿

达的衣裙，他赶快想奔过去。但是他的马忽然倔强，尽竖
"牌楼"，树堆里寻路又麻烦，骑士急得跳下马来，将马缚
在一枝枫树上，独自辟着丛草前进。他眉毛上颊上滴满了
树枝的露水，山头雷声已起，一阵凉风，呼的一声刮得满
林的枝叶，吼的吼，叫的叫，啸的啸，悲鸣的悲鸣，由不
得骑士打了一个寒噤，觉得有点心慌。好容易他望过了那
白影子，但是他决不定那一堆白衣，似乎有人晕倒在地，
是否培托儿达那天穿的。他慢慢走近跟前，摇着树枝，击
着他刀——她不动。

　　"培托儿达，"他开头轻轻地叫了一声，没有回音，他
愈叫愈响——她还是不听见一样，寂无声息。他便尽力气
叫了一声："培托儿达！"隐隐山壁里发出很凄凉的回音，
"培——托——儿——达"，但是躺着那个人依旧不动。他
于是伛了下去，偏是夜色已深，他也辨不出他的眉目。但
是现在他有点疑心起来，用手向那一堆去一撩，刚巧一阵
闪电将全谷照得烁亮。他不看还可，一看只见一只奇形异
丑的脸子，听他阴惨的声音说道——

"来接吻吧，你相思病的牧童！"

黑尔勃郎吓得魂不附体，大叫一声，转身就跑，那丑怪在后面追。"家去吧！"他幽幽说着，"那群妖怪醒了！家去吧！哈哈！如今你逃哪里去！"他伸过一双长白臂去抓他。

"丑鬼枯尔庞！"骑士提起胆子喊道，"原来是你这鬼怪！这里有个吻给你！"说着他就挥刀向他脸上直砍。但是他忽然变成一堆水，向骑士冲来。

骑士现在明白了枯尔庞的诡计，他高声自言道："他想威吓我抛弃培托儿达，我要一回头，那可怜无告的女孩，岂非落入他手，受他魔虐，那还了得。但是没有那回事，你丑陋的水怪。谅你也不知道人心的能力多大。他要是将生命的势力一齐施展出来，谁也没奈何他，何况你区区的精灵。"他一说过顿觉胆气一壮，精神陡旺。说也凑巧，他运气也到门了。他还没有走到他缚马的地点，他明明听见了培托儿达悲咽的声浪，她就在他左近，所以他在雷雨交加之中能听出她泣声。骑士似获至宝，展步如飞望发声处寻去，果然觅到了培托儿达，浑身发战，用尽力气想爬过一山峰，逃出黑谷的荒暗。他迎面拦住了她，那孩子虽然骄傲坚决，到了这个时候，由不得不惊喜交集，她心爱的人果然还有良心冒着黑夜电雨，赶来救她出此荒惨可怕的环境。一面骑士说上许多软话央她回去。她再也不能推辞，默不作声跟了他就走。但是她娇养惯的如何经得起这一番恐慌跋涉，好容易寻到了那马，她已经是娇喘不胜，再也不能动弹。骑士从树上解下了马缰，预备挟他可爱的逃犯上马，自己牵着缰索向黑荫里赶路回家。

但是这马也教枯尔庞吓得慌张失度，连骑士自己都上不了马背；要将培托儿达稳稳抬上去绝对不能。他们没有法想，只得步行上道；骑士一手拉着马缰，一手挽住跟跄的培托儿达，她也很想振作起来，好早些走出这黑谷，但是她四肢百骸多像棉花一般再也团不拢来，浑身只是瑟瑟地乱颤，一半因为方才一阵子趁着火性身入险地，行路既难，枯尔庞又尽跟着为难，吓得她芳心寸断，此时虽然神智清楚一点，但是满山隆隆的雷响，树林里发出种种怪声，闪电又金蛇似横扫，可怜培托儿达如何还能奋勇走路。

结果她从骑士的手中瘫了下去，横在草苔上面，喘着说道——"让我倒在此地吧，高贵的先生呀！我只抱怨自己愚蠢，如今我精疲力绝，让我死在此地吧！"

"决不，决不，我的甜友呀，我决不抛弃你！"黑尔勃郎喊道，一面使尽气力扣住那匹马，现在它慌得更厉害，浑身发汗，口里吐沫，骑士无法，只得牵了它走开几步，因为恐怕它践踏了她。但是培托儿达以为他果真将她弃在荒野，叫着他名字，放声大哭起来，他实在不知道怎样才好。他很愿意一撒手让那咆哮的畜生自由向黑夜里乱冲去，但是又怕他的铁蹄落在培托儿达身上。

正在左右为难，踌躇不决，他忽然听见一辆货车从他背后的石路上走来，他这一喜，简直似天开眼了一般，他大声喊救，那边人声回答他，叫他别急，就来招呼他。不到一会儿，他果然看见两只斑白的牲口从丛草里过来，那车夫穿一件白色的外衣，一车的货物，上面盖住一块大白布。那车夫高声喊了一个"拔尔"，牲口就停了下来。他走过来帮骑士收拾那唾沫的马。

"我知道了，"他说，"这畜生要什么。我初次经过此地，我的牲口也是一样的麻烦。我告诉你这里有一个恶水怪，他故意捣乱，看了乐意。但是我学了一个咒语，你只要让我向你牲口耳边一念，它立刻就平静，你信不信？"

"好，你快试你的秘诀吧！"焦躁的骑士叫道。他果然跑到那马口边去念了个咒语。一会儿这马伏首帖耳平了下来，只有满身的汗依旧淌着。黑尔勃郎也没有工夫去问他其中奥妙。他和车夫商量，要他将培托儿达载在他车上货包上面，送到林司推顿城堡，他自己想骑马跟着。但是马经过一阵暴烈，也是垂头丧气，再也没有力量驮人。所以车夫叫他也爬上车去，和培托儿达一起，那匹马他缚在车后。

"我的牲口拉得动。"车夫说。骑士就听他的话，和培托儿达都爬上货堆，马在后面跟着，车夫很谨慎地将车赶上路去。

如今好了，风雷也已静止，黑夜里寂无声息，人也觉得平安了，货包又软，也没有什么不舒服，黑尔勃郎和培托儿达就开始讲话，彼此吐露心腹。他笑她脾气这样大，搅出一天星斗。培托儿达也羞怯怯地道歉。但是他句句话里都显出恋爱的光亮，她心坎里早已充满了那最神秘的质素，如今止不住流露出来。骑士也是心领神会，寻味无穷，一张细密的情网轻轻将他们裹了进去。

两人正在得趣，那车夫忽然厉声喊道："起来！牲口，你们举起脚来！牲口，起劲一点！别忘了你们是什么！"

骑士探起头来一望，只见那马简直在一洼水里泅着；车轮像水车一般的转，车夫也避那水势，爬上了车。

"这是什么路呢？倒像在河身里走，什么回事？"黑尔勃郎喊着问那赶车的。

"不是，先生！"他笑着答道，"不是我们走到河里，倒是河水走到我们路上来。你自己看，好大的水泛。"

他的话是对的，果然满谷都是水，水还尽涨着。

"那是枯尔庞，那好恶的水怪。你有什么咒语去对付他没有，我的朋友？"

“我知道一个，”赶车的道，“但是我不能行用它，除非你知道我是谁。”

“谁还和你开玩笑？”骑士叫道，“那水愈涨愈高，我管得你是谁。”

“但是你应得管，”赶车的道，“因为我就是枯尔庞。”说着他一阵狂笑，将他的丑脸探进车来，但是一阵子车也没有了，牲口也不见了，什么东西都消化到烟雾里，那车夫自己变成一个大浪，澎的一声将后面挣扎着的马卷了进去，他愈涨愈高，一直涨得水塔似一座，预备向黑尔勃郎和培托儿达头上压下，使他们永远葬身水窟。

但是在这间不容发的危机，涡堤孩甘脆的声音忽然打入他们耳鼓，月亮也从云端里露了出来，涡堤孩在山谷上面峰上站着。她厉声命令，她威吓这水，凶恶的水塔渐渐缩了下去，呜呜地叫着，河水也平静下去，反射着雪白的月色。涡堤孩白鸽似的从高处抢了下来，拉住了黑尔勃郎和培托儿达，将他们带上高处草地，她起劲安慰他们。她扶培托儿达上她骑来的小白马，三人一起回家。

第十五章　维也纳旅行

经过了这一番捣乱，城堡里过了好一时安静生活。骑士也愈加敬爱他妻子的神明甜美，这会拼着命救他们出枯尔庞和黑谷的险。涡堤孩光明磊落自然心神舒泰，并且因为丈夫的感情回复，她尤其觉得安慰。培托儿达受了这次经验，形迹上也改变了好多，她骄恣的习气，换成了温和知感的情景，她好胜的故态也不复显著。每当他们夫妻讲到塞绝喷泉或是黑谷冒险两桩事，她总很和婉地求他们不要提起，因为前一件事使她窘愧，后一件事使她害怕。本来两事都成陈迹，原无讨论之必要。所以林司推顿堡里，只见平安欢乐。大家心里也都如此想，望到将来好像满路都是春花秋果。

如此冬去春来，风和日暖。人人也都欣喜快乐，只见百花怒放，梁燕归来，由不得动了旅行的雅兴。

有一次，他们正谈到但牛勃河的源流，黑尔勃郎本来地理知识很丰富，他就大讲起那条大河之美，如何发源，如何流注许多名地，如何百川贯注，如何两岸都是灿烂的葡萄，如何这河流步步佳胜，到处都展览自然的力量和美德。

"要是循流下去直到维也纳，这水程才痛快哩！"培托儿达听得高兴不过喊将起来，但是她话还没有说完，已经觉察了莽撞，连忙收敛，默默地两颊红晕。

这一下触动了涡堤孩的慈悲心，很想满足她爱友的愿望，接着说道——

"那么我们去就是，谁还拦阻我们不成？"

培托儿达喜得直跳，张开一张小口，再也合不拢来，两个人赶快用颜色来画她们畅游但牛勃河的水程。黑尔勃郎也不反对，他只对涡堤孩私语道——

"但是我们如其走得这样远，枯尔庞会不会再来找我们麻烦呢？"

"让他来好了！"她笑答道，"有我在这儿，他什么法儿也没有。"

所以他们绝无困难；他们立刻预备，欣欣出发，打算畅畅快快玩一趟。

这岂不是奇怪，大凡我们希望一件事怎么样，结果往往正得其反？不祥的势力预备害我们的时候，偏爱用种种甜美的歌儿，黄金似的故事，引我们高枕安眠。反之那报喜消息的天使往往选顶尴尬的时间，出其不意来打门，吓得我们空起惊慌。

他们游但牛勃河开头这几天，的确欣赏快乐。一路的景色，美不胜收，步步引人入胜。但是一天到了一处特别妩媚的地点，他们正想细细赏览，那可厌的枯尔庞突然又来作怪。最初他无非卖弄他的小诡计，招惹他们，涡堤孩生了气，向着逆风怪浪一顿呼喝，果然敌势退了下去，但是等不到好久，那玩意儿又来了，又得涡堤孩去对付，如是者再而三，他们虽然没有吃亏，一团的游兴可被他打得稀烂。

船家也起了疑心，彼此互相私语，向着他们三人尽望。他们的侍从也觉得大家所处的地位很不妥当，也相着主人，露出张皇态度。黑尔勃郎口上不言心里在那里想道——

　　"这是结交异类的报应，人和人鱼结婚好不奇怪。"

　　他又自己解释，想道——

　　"我当初并不知道她是个人鱼！算我晦气，步步碰到这荒谬的亲戚，但是过处不在我。"

　　他一肚子这类思想，辩护自己，但是他想的结果，非但没有安慰，而且移怒到涡堤孩身上。他恨恨地望着她，可怜的涡堤孩也完全明白他的意思。她一面对付枯尔庞已经精神疲乏，又遭黑尔勃郎一顿白眼，诉说无从，只得暗吞珠泪，等到黄昏时节，风平浪定，她睡熟了。

　　但是她刚刚闭眼，船上人立刻又起惊慌。因为大家眼里见一个可怕的人头从小浪里穿出来，不像平常泅水的人头，恰直挺挺装在水面上，并着船同等速率进行。大家惨然相顾，吓得话都说不出来。尤奇者任你往什么方向看，你总看见一个狞笑奇凶的头面。你说"看那边"，他说"看那边"，总之一阵子船的左右前后，水面上顿然开了一个人头展览会，一河阴风惨色吓得大家狂叫起来。涡堤孩从睡梦中惊觉，她刚一张眼，所有的怪现象立刻消灭。但是黑尔勃郎受此戏弄，忍不住心头火起，他正想发作，涡堤孩满眼可怜，低声下气求道——

"看上帝面上吧，丈夫！我们在水面上，你千万不可与我发怒。"

骑士默然不语，坐了下去，在那里出神。涡堤孩向他私语道——

"我爱，我们就此为止，平安回林司推顿何如？"

但是黑尔勃郎愤愤说道——

"如此我倒变了自己城堡里一个囚犯，要是打开了喷泉，我连气都透不出了，是不是？我只希望作发疯的亲戚——"

但是他讲到此地，涡堤孩轻轻将手掩住了他的口唇。他又静了，想着涡堤孩说过的话。同时培托儿达的幻想也似春花怒发，活动起来。她知道涡堤孩的来源，但是不完全，她不知道那水怪究竟是个什么迷谜，她只觉得他可怕，但是连他名字都不知道。她正在乱想，无意中将黑尔勃郎新近买给她的颈链解了下来，放在水面上拖着，激起一颗颗水珠，溅破落日反射微弱的阳光。一只巨手忽然从但牛勃河伸出来，向她的颈链一抓，拉入水去，培托儿达骇得大声呐喊，一阵的冷笑从水底里泛了上来。骑士再也忍不过去。他跳将起来，望着水里高声咒骂，和水鬼挑战。培托儿达失了她最宝爱的颈链又受了大惊，不住地啜泣，她的眼泪好比洋油浇上骑士的怒火，狂焰直卷起来，其时涡堤孩也靠船边坐着，她手放在水里，这水忽然往前一冲，忽然呜呜若有所言，她向她丈夫说道——

"我的亲爱，不要在此地骂我，随你骂谁都可以，但是不要骂我。你知道什么缘故？"

他好容易将他怒焰稍为压下一些，没有直接攻击她，实际他也气得话也说不上来。然后涡堤孩将她放在水里的手探了出来，拿着一串珊瑚的颈链宝光四射连人的眼都看花了。

"你拿这串吧，"她说，欣欣将珊瑚递给培托儿达，"这是我赔偿你的，你不要再生气，可怜的孩子。"

但是骑士跳了过来。他从涡堤孩手中将那可爱的珍玩抢了过来，望河里一抛，大声怒吼道——

"原来你依旧和他们来往，是不是？好，你就和他们一起住去，随你们出什么鬼戏法，也好让我们人类过太平日子，哼，你变的好戏法。"

但是他看见可怜的涡堤孩呆呆地望着他，两泪交流，刚才她想拿珊瑚来安慰培托儿达那只手依旧震震地张着。她愈哭愈悲，好像小孩平空受了责备一般。最后她凄然说道——

"唉！甜蜜的朋友，唉！再会吧！你不应该如此，但是只要你忠信，我总尽力替你豁免。唉！但是我现在一定要去了，我们年轻的生活就此告终。休矣！休矣！何至于此，休矣！休矣！"

说着她一翻身就不见了。似乎她自己投入水里，又似乎她被拉入水，究竟谁也说不定她怎样去的，总是一霎时她葬身但牛勃浪涛中心，音踪杳绝；只剩几个小波也绕住船边似乎啜泣，似乎隐隐还说着："休矣！休矣！忠信要紧！休矣！"

黑尔勃郎无论如何忍心，再也止不住热泪迸流，差不多晕了过去。

第十六章　黑尔勃郎此后
所遭逢的情形

俗语说事过情迁：随你怎样倾江倒海的悲伤，随你悲伤的性质如何，随你感情沸流到一千二百度或是低降到一百个零度之零度，随你如何灰心，随你张开眼来只见愁云惨雾，生命的种种幸福都变成荒芜惨绝。只要你不死，只要你苟延残喘，你总逃不过时间的法力，钟上滴答过了一秒，你悲伤的烈度，无形中也滴答宽了一些，你就愈觉得这残喘有苟延之必要，时间愈过去，你的悲度也消解得愈快，往往用不到几月甚至于不到几天，你完全可以脱离悲伤的束缚，重新提起兴子过你的快乐日子。怪不得宰我当初要疑心三年之孝太不近情理。不要说父母，现在社会上父母不是儿女的冤家对头已是难得难得，何况能有心坎深处真纯的爱情——不要说父母和子女关系，就是我们男女相爱热度最高的朋友大家香喷喷会呼吸热烘烘会接吻的时候，不消说自然是卿卿我我，誓海盟山，我的性命就是你的，你的魂灵就是我的，若然你有不测不消说我自然陪你死，就是不死，我总终身守独，纪念我们不断的爱情。而且我敢保证他们发誓的辰光，的确正心诚意，纯粹从爱河里泛起来的波浪，情炉里飞起来的火焰，你要不相信真是阿弥陀佛，世上再也没有相信得过的事了。这类经验彼此不消客气，多少总有过些。但是——我很恨这转语，但是我实在不得不但是——但是金子要火来试验，你立的情誓要不幸的生死盛衰聚散来试验，试验的结果究竟百分里有几分是黄金呢？当然你我都不希望有这类试验之必要，不过试验要轮到你的时候你又有什么法想呢？从前听说中国社会上，虽然男女夫妇间从不知爱情为何物，而丈夫死了妻子往往有殉节的风俗，据说有的媳妇自己还想活不肯死，她的翁姑可放她不过，因为她死了可以请贞节牌坊，光宗耀祖哩。那班可怜的少妇，就是不全死，亦得半死，因为一万个寡妇里面难得有一个再有嫁人的机会。这类情形我们听听都不忍心，可笑他们黄种人还自以为是古文明，说西方人野蛮，其实他们那样荒谬绝伦的家庭婚姻制度，还不是和亚菲利加吃人的野人相差无几吗？至于讲到我们情形可大不相同。不但妻死了，男子再娶，丈夫死了，女子自由再嫁，就是大家没有死，鲜鲜地活着，彼此依旧嫁娶自由，只要法庭上经过一番手续就是！或者彼此要是更文明些，爽性连法律都不管，大家实行自由恋爱就是，个人自由权，爱情自由，个个字都是黄金打的，谁也不能侵犯。在这样情形之下从前同生同死的盟誓，自然减少了许多，大家都是"理性人"了！若然爱偶之一遭了不幸，我们当然不能说那活的连悲伤的情绪都没有，但是即使有，恐怕也是以太性质见风就化散吧！

著书人无端跑了一趟野马，他实在自己都不知道讲了些什么，他当然要向读者深深道一个歉，至于关于本题的意思，简单说无非是激烈的情感是不能常住的。我们极怒的时候，只觉得全身的火一起上升到脑里，一丝丝神经都像放花筒似迸火，脑壳子像要胀破，头发胡须——如其你有胡须——都像直竖起来。但是我敢赌一百万东道，谁能将毛发竖他一点钟，就是半点钟一刻你都赢了。最剧烈的悲伤虽然比大怒的生命可以长些，但是也长不到哪里，我们过后追念死者，似乎仍旧觉得不快，但是这是忧思不是积极的悲了。

现在言归正传。上节停在涡堤孩一入水黑尔勃郎一层悲伤晕了过去。但是你放心，他醒过来的时候悲伤也就差不多了。他回到林司推顿城堡，自然很不高兴有时居然泫然涕下，有时伸出两手像要抱人似的。他自己倒很担心恐怕他再也不会快乐，结果他生命，也就悲伤完结。同时他也经验到——我们差不多大家经验过的——悲伤的一种快感，很难以言语形容的一种情形。培托儿达也陪他饮泣，所以二人一起在林司推顿静悄悄过了好几时，时常记念涡堤孩，彼此几乎将从前互吸的感情忘了。并且涡堤孩现在时常梦里来会丈夫。她来总同在时一样，很温柔地抱住他，一会儿离去，依旧啜泣，所以往往他醒过来的时候不知道何故他的双腮尽湿，究竟是她的眼泪呢，还是他自己的呢？

　　但是可畏的时光愈过，他的梦也逐渐减少，他的愁也逐渐迟钝。那时我们久别的老渔翁忽然在林司推顿城堡出现。他听见涡堤孩的消息他来要女儿回去，再也不许她和独身的贵人住在一起。"因为，"他说，"我女儿究竟爱她生父不爱我都不问，但是现在她名誉要紧，所以他所要求的，再也没有商量余地。"

　　老渔人声势汹汹，但是黑尔勃郎一想他如其让培托儿达跟父亲回去，她吃不惯苦不用说，就是他自己一个人独留在这宽大的城堡里冷清清的日子如何过得去，况且他自始至终爱培托儿达的，就是涡堤孩在时"形格势禁"，此番她长别以后，他还没有跳出悲伤圈子，所以把培托儿达暂时搁起，如今老头一来罗嗦，他只得明说他想留他女儿的意思。但是老儿很不赞成这一头亲事。老儿很爱涡堤孩，以为谁都不能决定涡堤孩之入水的确是死。就是涡堤孩的尸体的确永卧在但牛勃河底或是已经被水冲入海去，培托儿达对于她的死至少应负一部分的责任，如何可以乘机来占据她的地位呢？但是老儿也很爱骑士，他女儿温柔的态度，至诚的祷告，为涡堤孩流的涕，——都打动了老人的心，结果他还是答应。此事就此定局，骑士立即打发人去请哈哀尔孟神父，就是当初在老渔人家替他和涡堤孩结婚的神父，求他来城堡庆祝他第二次的婚姻。

神父接到了林司推顿爵主的信，立刻就动身，向城堡进发。他走路走得过急有时连气都喘不过来，或者他脚上背后的老病发作，他总对自己说："也许我还可以消化不幸！老骨头争气些，赶到目的地再瘫不迟。"他提起精神一口气赶到了城堡的庭中。

那对新人手挽手儿坐在树荫下，老渔人坐在旁边。他们一见哈哀尔孟神父，大家欣然跳将起来，赶上去欢迎他。但是他什么话都没有说，单请新郎陪他进堡去密谈。骑士正觉踌躇，神父开口说道——

"我何必定要密谈呢，林司推顿的贵胄先生？我要讲的话就是关系你们三人的话，既然大家有关系，自然大家一齐参与为是。然则我先要问你，骑士先生，你是否可以一定有拿把你的妻子的确死了？我可不是那么想。她失踪情形我暂且不论，因为我当时并不目睹。但是她对于你始终是一个信义忠实的妻子，那是没有问题的。而在这最近十四天夜间，我梦里总见她站在我床边，搓着她一双柔软的小手，一面的愁容，轻轻地叹气道：'拦止那桩事，亲爱的神父呀！我还是活着！嘻！救他的生命！嘻！救他的灵魂！'但是我莫名其妙，不知道那桩什么事。后来果然来了你的专差，所以我星夜赶来，不是来替你们证婚，但是来分散那不能在一起的人。让她去吧，黑尔勃郎！让他去吧，培托儿达！她另有所属。你看她满脸悲凄不散的愁痕，依旧未退哩。从来没有如此的新郎，况且她梦里明明告诉我，或者你让她去，否则你也从此不会享福。"

在他们三人心里，大家都承认神父的话不错，但是他们早已爬上了老虎背，再也爬不下来。就是那老渔翁亦被他们骗得一厢情愿，以为再也不会有意外发生。他们三人就你一声我一句，和一片好心的神父辩驳。最后老牧师一看情形不对，知道无可挽回，摇摇头，叹了气，转身就出堡门，非但不肯住夜，连汤水都不肯喝。但是黑尔勃郎总以为是他年老了脾气乖僻，毫不介意，另外派人到邻近神道院里去请一位牧师来行礼，那边一口答应，他们就将婚期都定了。

第十七章　骑士的梦

　　天将晓未晓的时候，骑士半醒半眠卧在床上。他想要重新睡熟，他觉得一种恐怖将他推了回来，因为梦乡里有鬼。但是如其他想要完全醒过来，他耳旁只听得窸窸窣窣一群天鹅扑着翅膀和喁喁欢娱的声音，使得他神经飘飘荡荡总是振作不起。最后他似乎又睡熟了，恍恍惚惚只觉得那群鹅将他放在柔软的翅膀上，腾云驾雾似飞山过海，一路唱着和美的鹅歌。他想恐怕这是死兆吧。但是也许另有缘故。忽然他觉得飞到了地中海上。一只鹅在他耳边说："此是地中海。"他向下一望，只见海水水晶似透明，可以直望到海底。他看见了涡堤孩，她坐在水晶厅上。她在那里伤心哭泣，满面愁容。骑士不禁想起了从前那一长篇历史，当初何等快乐，后来如何不幸，如今彼此又为渺渺云水隔住。但是涡堤孩似乎不觉得他在场。枯尔庞依旧拖着长白袍走到她跟前，不许她再哭。她抬起头来，很严正地对他望着，说道："我虽然身在水底，但是我有灵魂。所以我依旧悲泣，虽然你不能知道眼泪的意义和价值。那是上帝赐福，凡有忠实灵魂的人，总是受天保佑的。"他摇头不信，想了一想说道——"但是，我的侄女，你还得受我们元行法律的支配，他如其不忠信而重娶，他的命应该赔偿给你。"涡堤孩道："他到如今还是鳏夫，他刺痛的心上依旧保留着爱我的情。"枯尔庞冷笑道："但是他快做新郎，一两天之内只要牧师一祷告，婚姻就成立，那时你定须杀死这重娶的丈夫。"涡堤孩笑答道："但是我不能，我已经将喷泉塞住，不要说你，连我都不能进城堡去。"枯尔庞道："但是若然他离开了城堡，或是有一天喷泉重新开了呢？你要知道他并不注意那类小事情。""惟其为此，"涡堤孩又从眼泪里笑道，"惟其为此，所以他的梦魂现在停在地中海面上，听我们的警告哩。那是我故意安排的。"于是枯尔庞仰起头来，恨恨相着骑士一顿足，忽然穿入水波深处去了。那群鹅重新又唱将起来，展开翼儿就飞，骑士昏昏沉沉似乎过了无数高山大川，重复回到了林司推顿城堡，在床上醒了过来。

他一张开眼，只见床前站着他的侍从，报告他神父哈哀尔孟依旧在邻近逗留着，他昨晚见他在森林里用树枝砌了一间茅棚在里面过夜。问他为什么，他答道："除了结婚以外，还有旁的礼节，我这次就使没有经手喜事，也许还有另外用处。做人总得处处预备。况且丧事喜事一样都是人事，眼光望远些，谁都免不了的。"

骑士听了这番话，又想起方才的梦，种种的猜想都奔到他胸头。但是他终究以为事情既已安排妥当岂有迷信妖梦改变之理，所以结果他毅然决然照原定计划做去。

第十八章　黑尔勃郎举行婚礼情形

黑尔勃郎和培托儿达举行婚礼那一天，林司推顿城堡中贵客到了不少，外面看来，很是热闹欢喜，但是当事人的心里，恰有一种说不出的不舒服，良心上不安宁。出神见鬼的事倒没有，因为那喷池依旧塞住，枯尔庞的徒党无从进身。新郎自己不用说，就是老渔人乃至于曾经见过涡堤孩的亲友，都觉得似乎少了一个主要人物，因为涡堤孩在时待人和善得众人欢心，如今不明不白地失了踪，偏是隔上不多时发现了这头亲事，也难怪旁人心里一半诧异一半不平。那天喜筵的时候大家表面上虽然应酬谈笑，心里谁也离不了涡堤孩的印象，偶然呀的一声有人推门进来，大家都张皇注视，疑心是涡堤孩来了，等得看明白进来的人是掌礼或是酒仆，他们都显出失望的神情，本来满席的笑语喧闹，也忽然沉了下去，变成忧郁的寂静。新娘要算比较最活泼，最满足，但是连她也有时觉得有些诧异这林司推顿堡内主妇一席如何轮到了她，一面又想起涡堤孩冰冷的尸体，僵卧在但牛勃河底，或是已经随流入海不知去向。神父那番不吉利的警告又不住地在他们三人脑筋中烦扰，并且引起种种奇异的幻想。

天还没有黑，喜筵就散了，不是因为新郎不耐烦——普通新郎总是不耐烦的——而为上面所说的几层缘故，宾主都觉得有兴不能尽，空气中似乎布满了不愉快的预兆愁惨的情景。培托儿达陪着女客去了，骑士也进内室一群侍从侍候他换衣服。那天结婚连照例跟随新娘新郎的一群青年男女都没有。

培托儿达想变换她思想的潮流。她吩咐侍女展览黑尔勃郎此次替她预备的衣服面网首饰，打算选出几件，预备明日晓妆。一群侍女就高高兴兴大家来出主意，这个说新娘应该满头珠翠红衣绿袜，那个说太华丽了也不好，不如单戴白金珠花的面网和白缎银镶的衣裙配着淡灰丝袜和绿丝绒鞋，一面大家又争着称赞新娘的貌美。培托儿达正在镜里端详自己的倩影，忽然叹道——

"但是你们难道不看见这边颈上那些雀斑吗？"

他们一看，果然新娘左边颈皮上有几块黑影子，但是他们只说是"美人斑"，有了这一丝深色，愈显出肤色之白嫩。培托儿达摇摇头，心里想那总是斑点。她叹口气道："其实我可以想法子去了它。但是堡庭里的喷泉封闭在那里，从前我总欢喜用那泉水，很有匀净肤色的功效。真的我只要弄得到一小瓶已经足够！"

"那就够了吗？"一个快捷的侍女笑道，说着溜了出去。

"她总不会得那样冒昧，"培托儿达说，露出半惊半喜的神情，"今天晚上就去撇开那块盖住泉眼的石头吧？"但是一阵子她们就听见一群人走入堡庭，从窗格里望得见那活泼的侍女领头，他们扛着杠杆等类，去重开那喷泉。培托儿达说道："我实在很愿意他们去打开，只要手续不太麻烦时间不过长就没有什么。"她心里其实很得意，因为如今做了主妇，居然要什么就什么，开口要闭口到，她欣欣伏在窗口，看他们在庭中月光底下动手。

那群人"杭好旱好"使尽气力，开掘那石块。间或有人叹息，以为旧主妇当初一番心机，如今新主妇当家，头一天就有变更。但是事实上他们用不到费那么大劲。因为等得他们一动手，这喷泉内部似乎有势力帮着他们掀开那块笨石。他们骇然相顾说道："难道这喷泉压得日久，力量大得连石头都冲得动？"说着，那石块愈起愈高，简直自做主，不用人力轻轻地滚了下来。同时泉眼里迸出一个极高的白水柱。工人们在旁边正在惊异，忽然觉察这水柱变成了一个素衣缟服白网盖面的妇人。她涕泗交流地悲泣，举起双手摇着表示哀痛，慢慢儿，慢慢儿下了喷泉台，望城堡正屋走去。一霎时堡里的人吓得狂奔的狂奔，狂叫的狂叫，新娘在窗内也吓得硬挺挺站着，面无人色，她身旁的侍女也都像触了电一般，动弹不得。等得这形象走近了她房，培托儿达猛然觉得那白网底下的眉目仿佛是涡堤孩。但是这一路悲泣的形象走了过去，迟顿顿，慢吞吞，似乎犯人上刑场的光景。培托儿达大声喊人去寻骑士，但是侍女们只突出一双眼呆看理也不理，新娘也发了噤，似乎她自己的声音骇住了她。

她们正在石像似塑着，话也说不出，脚也移不动，这可怕的异客已经走到了城堡正厅，步上那白石的台阶，走进大堂哀哀地哭，一路尽哭着。伤哉！她初次来到此地何等欢喜呢？

其时骑士在内室已经辞退了侍从。他衣服半解独自站在一座大衣镜前出神，旁边点着一支很缓的小烛。忽然门上有一个小指弹着，很轻地弹着，那是当初他们夫妻和睦时候的一种记号，涡堤孩要他去的时候，就来用小指轻轻弹门。黑尔勃郎跳将起来，但是他又自语道："这无非是妄想。我应该登新床去了。"

"是的你应该，但是一张冷床而已！"他听得门外一个悲泣的声音回答，他从镜子里看见门开了，慢慢儿，慢慢儿这白色游行的形象移了进来，重复谨谨慎慎将门掩上。"他们已经将喷泉打开，"她软软说道，"如今我已到此，你生命完尽了。"

他觉得他心停止了跳动，知道数不可逃，但他将手掩面说道——

"不要使我死于恐怖。如其你网后是一鬼相，那就请你不必再揭开，你一下杀了我就算，再不要让我见你。"

"唉！"这形象答道，"难道你不愿意再对我一看吗？我依旧和初次你在湖边发现我的辰光一样美丽，我爱哟！你还怕我来吓你不成？"

"哟，但愿如此，"黑尔勃郎叹道，"但愿我能死在你吻上！"

"当然，只要你愿意，我最爱的亲亲呀！"她说着，就将手揭去了面罩，一张蜜甜的脸笑了出来，顿时室内好像充满了万道霞光。

恋爱——死！骑士浑身颤栗，无量数的情电子从骨髓皮肉五脏六腑四肘百骸里迸射出来，将他的生命灵魂躯壳，一古脑儿的恋爱化——他浑身颤栗，展开双手，涡堤孩直扑了进来，泪如泉涌，两片香甜情热颤动的樱唇立刻和骑士的黏在一起，她再也不放，愈搂愈紧，愈紧愈搂，眼泪如潮水般横流，几乎将她的灵魂都冲了出来。她的眼泪泻满他一脸一胸，他还是紧紧抱着，直等到骑士在甜美的不幸中，蜜甜的香唇上，气绝身亡，从她可爱的玉臂圈中漏出，倒卧在长眠的榻上

"我已经哭死了他。"涡堤孩告诉她在前房碰到的侍役，她慢慢从惶骇无措的人群中走入喷泉中去了。

第十九章　骑士黑尔勃郎埋葬情形

林司推顿爵主的死讯一传出去，头一个到门的就是那等办丧事的神父哈哀尔孟，刚巧上一天特请来结婚的牧师仓皇逃走，二人在大门口撞一个满怀。

神父听他们说了详情以后说道："命该如此，这丧礼如今落在老人身上，我也不要什么伙伴。"他就过去用例话安慰那新娘寡妇，但是培托儿达尘心烦重，如何能听得进老牧师不入耳之谈。老渔翁倒很明白虽然他女婿女儿遭此不幸他也不免悲悼。但当培托儿达咒骂涡堤孩为女妖鬼怪，老人总摇头叹道——"这场公案也只有如此了结一法。我只看见上帝公平的判决，况且，黑尔勃郎死后受苦痛最深者无过执行死刑那人，我们可怜被摒的涡堤孩。"他帮着料理丧务，一切排场都按照死者的身份。他们林司推顿家的葬地在邻近一乡村，是他们的领地，骑士的尸体照例要与他的祖先合葬。城堡里所有的仪仗都已排列起来，预备一起葬入，因为黑尔勃郎是林司推顿的末裔。送葬的人也都跟着棺柩上路，在青天底下迤逦走着，口里唱丧歌，神父哈哀尔孟手执一高大的十字架在前领路，后面跟着培托儿达，她父亲老渔人在旁边扶住她。其时大家忽然觉察培托儿达的侍从一片黑服中间，发现了一个雪白的形象，头面罩得很密，双手绞扭显出极端痛苦悲伤。那形象旁边的人都暗暗吃吓，或向旁闪，或往后退，她们这么一动，那白像又发现在后面一群人中间，他们又起恐慌，纷纷躲避，所以结果这长串送殡的仪从，闹得不成体统。其中有几个军士胆子很大，走近去向那白影说话，想将她推挤出去，但是他们的手一触到，形象就融灭，一转眼又只见她于于徐徐跟在丧会中进行。直到后来所有的女侍从都逃避干净，所以这白影悠悠荡荡贴紧了培托儿达。但是她移得很慢，前面的新孀简直没有觉得，自此她缓缓跟着前进。

他们到了墓地，所有的丧仪和人列成圆形围住墓坑。

培托儿达方才觉到了这不速之客，她又骇又恼将身倒退，要她离开骑士的葬所。但是罩面的白影轻轻摇头不允，伸手向着培托儿达似乎款求的模样，孀妇不禁感动，她顿时想起了从前涡堤孩待她的好处，和在但牛勃河上给她那串珊瑚项珠。但是神父哈哀尔孟吩咐噤声，大家一起在尸体前默祷。培托儿达跪了下来，其余送葬的人连坟上做工的也都跪下。他们祷完站起来的时候，白色的异客已经不见；在她跪的一点上忽然从泥土里涌起一柱珠泉，洁白如银，将骑士的新坟浇洒一周，然后平流到墓地旁边，积成一个美丽的小潭。后世那村上的人还时常对着这泉水嗟叹，相信是可怜涡堤孩的不昧精灵，展开她仁爱的手臂永远抱住她心爱的人。

附

录

（戏剧·第一幕）

第一景

老渔翁的村舍内景。老太太坐在壁炉边一张高
背的椅内。渔翁在桌边修补他的渔网，门外有人打
门。老夫妻听了都现惊惧貌。老翁起身走近门，将
启之，复踌躇，仍归理其网。

老太太　　老爹，你怎么的不去开门呀！外面风吹得那么
　　　　大，一会儿打雷下大雨都说不定；我们穷人家，
　　　　也不会有坏人来打主意，有人打着门，你也得
　　　　出去看看，准是赶道儿的，难道我们还舍不得

让人家烤烤火喝一杯热汤的小方便吗？

老　翁　我可有点儿怕，我自个儿也说不上。外面的风刮得有点儿怪，说不定有……方才我从林子里回家的时候，怕人的怪影子，黑的，白的，灰的，颠头播脑的，拦着我的道儿，简直把我唬糊涂了，回头在那瀑布的前面，明明地站着一个很老的老头子，满头的白发，一脸的白胡子，我在月光里看得顶明白的，他那怪相，对着我老点着头儿！

老太太　（拦住他）老爹，你怎么的不害臊呀！自从耶稣出世，什么妖魔鬼怪都让天父的灵光吓跑了不是？亏你的，这么大的年纪，说小孩子的疯话，怕鬼，怕妖怪，真是！得，你怕开门着鬼，我不怕！你不开，我来开吧。

（她站起身蹒跚着走过去）

老　翁　别忙，别忙，太太！

（他过去，不愿意地，把门开了。黑尔勃郎站

在门口）

上帝保佑！这是谁呀？

黑尔勃郎 （进门）仁慈的渔翁，我是迷路的，人也倦了，马也疲了。你有法子让我们充饥没有？这大风暴的夜里，我们也不能赶道儿，你能让我们歇着吗？

老　翁 请进来，请进来。只要客不嫌简慢，我们有的是草房子，有的是面包。马房马料也是现成的，那边大杨树的底下草地上，你说合式不合式？

黑尔勃郎 再好没有了。就是老翁不行方便，我也不敢冒着这怕人的黑夜，去冲那鬼怪出没的林子——

老　翁 （拦着）别说害怕，回头他们又来兴妖作怪的。你进门儿来得了。

（老翁关上了门。黑尔勃郎走向前。老太太微欠身招呼）

黑 您晚上好，老太太。

老太太 上帝保佑你，先生。

老　翁　　我去收拾你的马。

　黑　　　多谢，好朋友。

　　　　　（老翁出门。老太太复归）

老太太　　（音微颤）先生，您请坐吧，别嫌我们好简陋。
　　　　　那边屋角儿上有个小板凳不是？您得小心一
　　　　　点。那凳子有我一般的老。拉这儿来，这儿来
　　　　　烤火吧。放心坐下去，不碍，坏不了，可别坐
　　　　　太快。

　　　　　（黑尔勃郎携凳近火，谨慎地坐下了，老太太
　　　　　瞧着他）

老太太　　您穿得多美的红袍呀！你是干什么的？你打扮
　　　　　得这么的体面，这么大风天儿，怎么的会到这
　　　　　儿荒野的地角儿来呢？

　黑　　　我是黑尔勃郎，人家叫我林司推顿的黑尔勃郎。

老太太　　您住在哪儿？

　黑　　　我的庄子靠近着多瑙河的源头。（窗上有泼水
　　　　　声。老太太仰视，摇手止之）

老太太　涡堤孩，别顽皮！

（窗外又泼水，冲开了窗子，直泻进房。笑声。黑尔勃郎起立惊视）

黑　什么，是鬼笑还是妖魔的铃声？（时老翁已进屋，走向窗，摇拳怒詈）

老　翁　得了，孩子，你再顽皮看！你不害臊，我可受不了。有贵客在这儿哪。（向黑尔勃郎）先生，别见怪您哪，涡堤孩就是顽皮。

黑　你的姑娘吗？

老　翁　我的干女儿，顶顽皮的孩子，可是心眼儿不坏，好孩子。

老太太　你倒说得好听！你是整天的外面打鱼，不到晚不回家，她放肆，你宠着她；她顽皮，你对着笑；我在家里的可不一样呀，我得整天地受她淘气，她那小野马儿，东跳西窜的，我可受不了呀！

老　翁　对，可是你爱她还不是一样。你的女儿，我的湖，一样的可爱，一样的淘气，太太，我对着你说吧。我的湖也不是好伺候的呀，一会儿刮风，一会儿起浪，闹得你没有个安宁；可是我也舍不得不爱它呀，太太，对不对？（门突开，涡堤孩直冲入室，笑着）

涡堤孩　有贵客？真是有客不成？爹，您没有冤我吗？

（见了黑尔勃郎，欢喜地叫着）

啊，是真的！是真的！

（直前跪黑前，持其手吻之）

你到底来了不是！我常常地梦见你，现在我的梦果然是灵验了。

老太太　（干涉，拉涡堤孩臂使起）

　　涡　（不羞）又不老，又不白头，也不像一个打鱼的，也没有皱纹。你的手是又光滑又柔软！难道年轻的男子都像你一样的？

老太太　得了得了，不害臊！快去做你的事情，女孩子总是腼腼腆腆的，谁有像你这样的发疯！

（涡跑去搬过她的小纺车来，把她的小板凳放

（在黑尔勃郎的身旁）

老太太　（对黑尔）您就不用理她。

涡　做工就做工，我就在这儿做我的工，好吧，你就讲给我听那树林里奇怪的事儿。

（黑尔惊动。涡点头微笑）

你也得告诉我你的名字，你是哪儿来的，你也得告诉我你们的大世界是怎么样的。那边的高贵的女郎是什么样的？

她们美不美呀？

老翁　得了，孩子，涡堤孩。这哪儿是讲故事的时候？客人已经倦了，你也得知道小女孩子见了生人总是躲起来，谁有像你这样憨头露面多说话？

涡　（怒起立，纺车倒翻，顿小足）

他是我的，他是风雨送来给我的骑士，我要他做什么他就做什么。我要，他就得做。

老太太　你这坏孩子！

涡　你整天地骂我，也不让我有我自个儿的主意。

还说我坏。好，我也不跟你们住，我也不爱这烟煤熏黑的小草棚儿。

（涡堤孩疾驰出门）

黑　　（随涡）涡堤孩，涡堤孩，回来，涡堤孩。回来，涡堤孩。

老　翁　（摇头）她要是不愿意回来，嚷也是没有用的。这孩子就是淘气，你也不用叫她了。（对老太太）妈妈，看看我们有什么东西好吃，你收拾起来吧。我说骑士先生，你说那孩子真有些个儿可忧不是？再说那孩子，她上我们这儿来倒是有一段故事。你要是愿意听，我就讲她那天大风雨的晚上怎样地上我们这儿来。

黑　　我真愿意听你讲涡堤孩的故事。

老　翁　那就请坐您哪。

（黑尔回至桌边。老太太忙着拿东西，蹒跚地走着。她拿出了一长块面包，一瓶酒，桌上放了三个木碟子，三个木杯子。）

老　翁　（坐下）十五年前的一天晚上，我们公婆俩坐在火炉边的时候，门外有了响声，水声，像是草地里的流润似的。我们就开门看了。这一开门儿，门口就站着一个顶讨人欢喜的女小孩，蓝蓝的小眼睛，对着我们尽笑——这时候外面的风雨顶大顶大的。那孩子的金黄的头发上，满是一星一星的水珠，她的衣服也全是湿的，一个小小鸭子似的站着尽滴水。她看的有三岁，一个顶可爱的小孩。我就说我们自个儿的好孩子遭了难，没有人伸手帮着我们救命，现在人家的孩子没有了主儿，我们可不能不依上帝的主意，我们就把那孩子收了。

黑　　你们自己也有孩子？

翁　　（转视其妻，老太太适出房取水去）可不是，我们也有一个女孩。就是现在说起了她我的妈妈还是难受。一个顶美的孩子，上帝到了我们晚年才给我们的，所以更是我们的宝贝了。但是有一天，在前面的湖边上，太阳烁亮地正照着水面，我们那孩子像是在水里看着了什么东西似的，她就从她妈臂膀里一挣，嘭地一跳，一双小手儿向前，她就落了水，那水流得顶急的，一会儿就把我们的好孩子，上帝知道，冲到哪儿去了，我们二老哭哭啼啼地尽找尽找，也没有找出一点儿踪迹。（翁悲掩面）

黑　可是涡堤孩？有了她，你们也有安慰不是？

翁　我们爱她只当是我们自个儿的。涡堤孩，她自个儿说那是她的名字，一个古怪异教的名字，我们替她行洗礼，也就没有改，她自个儿爱叫涡堤孩，我们不愿意，我们的好神父也不愿意。她又胡说八道地提什么黄金的船儿，在湖上让风暴给打烂了，她说的尽是疯话，小孩做梦似的，什么珊瑚宫，水晶洞儿，——

黑　听呀！外面的风暴不是更猖狂了，大水的响声不是？

翁　准是那山涧又发了水了，就是隔着我们这块地
　　与那大林子的那条水。

　　（二人起向门，风冲门开。二人惊叫）

翁　天保佑，可了不得！真是发大水！

黑　这草地全变了湖了。可是那条水！涡堤孩过去
　　了不是！她怎么回得来呢？

翁　神灵保佑她，带她回来。

　　（二人出门呼叫）

　　涡堤孩！涡堤孩！涡堤孩！涡堤孩！涡堤孩！

　　（老太太亦蹒步及出，外视，举手大骇，复敛
　　手祈祷。祈祷音不甚清，似唱似呓，复归座似
　　失知觉，顶上有天使歌声）

祈祷。

天父，你克除妖魔，

人间行善的保护，

可怜我们软弱的众生，

只仰仗你的灵光救度。

天父，你大放光明，

照亮我们的途径，

休教可怕的恶魔，

迷蛊了我们的生命！

（老翁进房，喘气，手拿骑士红袍与佩刀，黑尔后随，抱涡堤孩）

翁　　多谢上帝。这孩子差一点让大水冲跑，幸亏祂的灵光，她找着了一个平安的地方躲着！

涡　　（已从黑怀中起立）你也得谢谢他，从水里抱我回来，我就爱落水，下回我还要落水。

翁　　（对骑士）啊，劳驾真的是，那水冲得凶，我的老骨头简直的没有用，要不是你，这孩子到此刻还得躲在她那小岛儿上。

　　　　（转向妻）那水把我们这块地盘整个儿冲成了

一个岛。水就不退，谁也过不去，我也没有法子进城去卖鱼，骑士先生，就是你天亮想骑马过去也是不成。

涡　（握手喜）我就爱这大水永远把我们围着！那你就得做我们的俘虏，我就做你的牢头禁子。我来帮忙吧。（从翁手中取衣，喜攸攸，挂起使干）（对黑）到炉边来，烘干你的里衣。

　　（按之使坐，自取小凳紧挨其旁。老太太将止之，但翁示意命勿声）

涡　（婉求）这会儿您得告诉我大林子里的事情了。你怎的会到这儿来，会到我这儿来。

老太太　真是太不要……

翁　随她，随她！

黑　（笑）那我就讲吧。在那大林子背后有一个大城子，我们在那儿举行长枪赛武大会，所有的贵族骑士全到场的——

涡　（岔）是的，我就梦见你得胜。那就对！

黑　我比武不止一次，得胜也不止一次。（稍顿）那时我见着了一个最美的女郎，我就问了，她的名字是培托儿达，霍恩华公爵的养女，她的父亲没有人知道。我求她与我跳舞，她答允了，在全舍里我最得她的恩宠——

（黑忽呼痛。涡堤孩正啮其手）

小坏人，你怎么了！想不到你那珠宝似的牙齿倒有这样的锋利。你瞧，出了血了！我有什么事恼了你？

涡　有的话比顶快的刀还刺得深。我就恨培托儿达。（顿足）旁的女孩子跳舞倒不碍，只要没有人反对（悻然望老太太），也许她们跳得比你那些贵妇人更轻灵。

老太太　涡堤孩，你疯了吗？快去睡去。

涡　不，娘呀，让我耽着，我再不顽皮了。（对黑）请你饶恕我。如其你真痛了我很抱歉，可是你得小心，你对我讲培托儿达。丑鬼！

黑　她是一个骄傲的女郎，我随便问她要一点儿纪
　　念，一只镶珠宝的手套，我想要来放在我的盔
　　上。她说"要手套不难，只要你骑马去穿过那
　　出妖怪的大林子"，我原来并不定要那东西，
　　可是既然她激动我，我也不得不表示我骑士的
　　勇气，我就上马进了林子。

涡　要是我是恋爱，我决不会得赶你去走那危险的
　　道儿，我决不为我自个儿的骄傲或是虚荣，逼
　　迫你探检那大林子的秘密。可是那出怪的林子
　　又是怎么样呢？

黑　别再问我，我讲起就打寒噤，可怕的影子，开
　　口的畜生，鬼相的猴子，躲在树上开你的顽笑，
　　他们还折下树枝来，吓呵我到半夜里要烧烤我
　　的骨头。

　　（老翁与妻作祈祷状，举手止之，但涡堤孩听
　　讲甚乐）

涡　你没有让他们烧烤总还不碍。还有呢？

黑　我的吓疯了的马，就在林子里乱冲，我缰绳也拉不住，也没有法子停住它，险一点它把我甩下了深得可怕的深潭，要不是一个老人，白发白须的，一把挽住了我的马头，领我回上了道儿。

（老翁发寒噤。涡堤孩把手当胸）

黑　那好老人我始终没有谢他，很是抱歉的。

说也怪，他跑进了一个瀑布，就不见了；你知道他的名字吗？

涡　我与他很熟。

翁　（起立）天不早了，是好人全得睡了。

（对骑士）你要是不嫌和我同床，妈妈就去伴那孩子。

（涡堤孩尖嘴耸肩。老太太从炉火中点纸燃，拉开幔子，露出楼梯，拾级自登。老翁关门随登）

黑　我真是倦了，准睡得着，劳你驾真是。

（对涡，时翁上门）

难道小涡堤孩咬了我一口，还不愿意得我一点儿报酬？

涡 　我没有该你什么，要是我没有咬你那一口，封
了你的口，谁知道你和培托儿达的故事有多长
有多密。去吧，快去做梦见她吧。

（负气去。复转身向客和颜道晚安。老翁止之，
持灯前引，促二人登楼，己亦随登。台上空时，
门忽开，一水灵溜入室。额缀明星。歌舞甫起，
余众随入，群舞且歌）

涟 儿 　（唱）——

涟儿歌

涡堤孩，快来吧，涡堤孩！

湖水是一片闪亮的明辉，

满天的星星，

　黑夜的清虚，

水灵儿到青草地来小舞纤徊。

没有一瓣草上不带露珠，

替你编一身鲜艳的绣襦，

　　小灵儿欢欣，月丝儿织成，

明霞似的天锦，彩虹般的流苏。

涡堤孩，快来吧，涡堤孩！

你披一件闪亮的绿衫，

　　青草地上舞蹈，手挽手儿欢噪，

直到东方放晓，白云里流出金丹。

涡　儿　她是不来的，你唱也无效。

涟　儿　歌唱以自娱，静待太无聊！

波　儿　抛弃了宫殿，来恋此村寮！

沫　儿　水晶宫殿高，不及灵魂好！

涡　儿　什么是灵魂，灵魂是什么？

沫　儿　灵魂是囚犯，伏处在牢监，

　　　　　但凭一双眼，观览此人间，

生命有时止，灵魂永不死，

水灵与人婚，灵魂即有主，

但有灵魂时，病苦来与俱，

流泪如春雨，短叹复长吁，

更不如汝我，终日常欢娱，

但只汝与我，无殊花与草，

荣华在春朝，无异枝头鸟，

不能常美好，雨露与同槁，

但有灵魂者，永生不可残！

涟　儿　古怪复希奇，与人道婚娶！

涡　儿　我生自快乐，灵魂我不希。

波　儿　我们快去吧，她是不来了，

时光亦如水，顷刻即天晓。

（涡堤孩疾驰下梯，穿绿衫，佩珠瑚，发上戴海藻。水
灵欢呼迎之。群作圆舞，笑声如泼水，依乐进退，终跳跃
出门去。幕落）

第二景

同前。一星期后。老太太持壶在炉边。涡堤孩
在窗前自结辫，时望窗外，低唱涟儿歌。

老　太　吃饱了没有事情做的，才出不平安的主意；女
孩子们心眼儿太小不好，可是她们的心眼儿太
大了，更不合适。整天地不做事，整天地说
梦话，整天地嬉皮笑脸，整天地"欣灵烘龙"，
唉！涡堤孩，好曲子也不唱第三遍，你，你也
得休歇不是？过来，有烟煤的地基儿你也拿块
布去擦一擦干净，这一堆吃下来的杯瓢，姑娘，
你也来起点儿热水泡一泡，回头油脏载住了擦
不了又费事。女孩子总是女孩子；跳跳舞不碍，
唱点儿歌也好，可是你们总得知道点儿当家管
事，迟早总有用不是，唉！去做去！
（涡堤孩悻然去桌前，桌上放有三杯三碟一大

盘。向架上取下一大碗，去炉边盛水，水泡其手，顿足作恨貌）

涡 可是我说这事情不对，真不对！你看这顶干净顶可爱的水，为什么要让这些个笨东西染脏，你瞧多脏，嗅！可怜的水，你们皱着眉头发抖，可是你们又避不了。我要是这么一洒，就是透明的金刚钻儿，要是在太阳光里更好看，全是环圆的珠子。

哈哈，多美呀，绿宝石，红宝石，蓝宝石……（弄水，扬水高飞，水泻满地，最后木碗泼翻碎一杯，涡堤孩大乐）

蠢东西活该！

老 太 （蹒跚来前，偻身拾碎片）

你简直的是莫名其妙，真叫人哭不得笑不得。你不是三两岁的小孩子，又不是发了疯，你得自己忖忖。我真是想不到上帝创造了你们这一般人，有什么好处，有什么用！

涡 （趋前抱之）他造我来叫人爱。

（黑尔勃郎入室，手持弩弓，鸟一双，身穿渔
翁旧裰，黑脱下摇之似渍水然）

黑 我想他是这样的主意。你们又闹什么了，好太
太？我这儿有一点儿孝敬。

（给与死鸟。老太举碎杯示之，复放去，接过
死鸟）

黑 正好，我的战功就算赔偿那杯子，你不再骂她
就得。

老　太 （喃语）要我探鸟毛儿可就费事，打下来容易，
烧熟可不容易。可是多谢你还是一样，我们来
做它一个香喷喷的鸟羹，老头儿他顶爱这鲜味
儿，回头他一尝味准乐。

涡 噢！你狠心的骑士把我心爱的雀儿给毁了！
你让它们好好地活着不好吗？

黑 但是昨天我回家来，两手空空的，你又笑我射箭
不高明，一个主儿都捞不到，姑娘，你真是不容

易伺候，至少你得准我打一两口儿野味，老爹柜子里的陈酒已经让我给喝光了，这儿又买不着，可怜老爹他，为了客人，自个儿倒喝不着了。

涡　不忙，我倒知道有一桶顶好的红葡萄，你等着，一会儿你就不用怕酒荒。

（涡出户去，如飞矢）

翁　（黑言时翁已入室）

不用着急酒，我不怨你喝了我的份儿。只要风刮得差一点儿，我的木排过得去，我们就不愁没有酒喝。

涡　（疾驰入室，握手大乐）

快来，快来，湖边有一个顶大的酒桶，大风里刮来的。像是还没有打开。（对黑）里面要是好酒，你给我什么？

黑　我的心都让你偷跑了，还有什么东西给你？

翁　一个顶大的酒桶！我来的时候没有瞧见。

（翁出门。黑后跟。涡站在门口,举指向雨唱：）

小雨儿不要泪淋淋，

等他回到了屋子里你再啜泣。

（黑与翁归，滚回一大桶，急开塞口，倾酒一
　　杯尝味）

黑　　倒又下了。

涡　　（嘲之）可不是又下了，真好雨，老下着吧，叫
　　　你安心地在这儿伴着我，安心地喝你的葡萄红。

黑　　我愿意，我的蜜甜。让我来谢谢送我们酒的人。
　　　（举杯饮）真好酒呀！

老　太　（尝酒）倒是陈年的好酒。

翁　　（尝）多谢天神！真是天上吊下来的。准是谁
　　　的船破了，说不定毁了不少的性命。我这心肠
　　　一软呀，口里的酒味就跑了一半。

涡　　有好酒喝还不合适，管什么人家船破？难得有
　　　现成的福气，安心享福不好？

老　太　上帝保佑，孩子！准是土耳其或是什么野蛮人
　　　　喂你奶的——一开口就不是好心眼儿！

　涡　　不碍，还不是一样，土耳其就是土耳其，野蛮
　　　　就算野蛮，我还是我，涡堤孩是涡堤孩，这你
　　　　可没有法子变。可是你要知道我说什么就是什
　　　　么没有错儿。

　　　　（对黑）你也恼了不是？那我就活该。

　黑　　我就爱你这憨样儿。大风留不住我，大水拦不
　　　　住我，但是你那可爱的憨样儿，却已征服了一
　　　　个丈夫的雄心：我是你的俘虏。

　涡　　（大喜）我才乐哪，我才乐哪。

　　　　（门上有厉声。翁与其妻愕然。涡急驰及门，
　　　　挥手叫喊）

　　　　山灵地神，去你们的！你们敢开顽笑，回头枯
　　　　尔庞知道了就该你们的受！

　　　　（门启，一牧师怡然入，摇去衣帽上雨渍）

克利士道夫　不是山灵，是我，一个善心的牧师，我身上倒

是让雨淋着了，可是我也不像个地鬼，你错了，

你错了。呀，这火焰多好！

老　太　饶恕这孩子。

（识神父，举手认之）

我道是谁，原来是克利士道夫神父！整整地有

十五年了你没有上我们这儿来了。可是上帝可

怜，你浑身全是水！

（翁为去外衣，引之向火。涡堤孩舞蹈，取骑

士红袍与之）

涡　穿上这红袍。

克利士道夫　（举手却之）上帝不许！还是那边的褂子倒合

式。

（指翁外褂，翁取与之。老妇递以己椅，且致

酒食）

翁　我的旧褂子倒有福气，这风暴多厉害，年轻力

壮的多挡不住这天气，神父你又上了年纪，准

吃了苦。你怎么的会上这儿来？您哪？您是从

大水里过来的，还是飞着来的？

克　　常言说的，魔鬼要在后面追，不由你前面不跑腿。这一回的大水真是怕人哪！我们院子里养着的家禽的靠傍，全让水给淹了，他们那一块珍珠米田也让饿狼似的波浪给吃完了，他们的菜园也冲烂了，所以我着急地赶了来，想向我们上司求救，回头他们都饿死都说不定。可是我们过不了半个湖，就发了大水，我们的船就像一张贝壳似的没有了主意，一会儿就翻了，我一下水，就狠劲地拉住了船艄的木条，在水里浮着，水浪几个翻身就把我打上了你们的岛，多谢天父，我倒一点儿也没有受伤。

老　太　我们的岛！

翁　　可不是一个岛，这水一半天还退不了哪！自从那年你来替我们的孩子行洗礼以来从没有见过那样怕人的大水。你不记得上次那风暴吗？

克　　那位美丽的女郎就是你们那好孩子长大的不

是?（视涡与黑，时坐屋内一隅，态度亲昵）
我看这样子你们不久又得请我来替你们行礼，
我懂得军人的意思。

老　太　涡堤孩，你老缠着骑士顽，也不怕不好意思。
快去纺你的纱。有客在这儿，你也得还点儿规
矩，回头叫人家笑话。

（涡悻然起立，瞟视骑士求助。骑士忽意决，
起立，执涡手，行向神父前）

黑　善心的神父，你说得对，你明白我们的意思，
我们正要求你替我们行礼，使我们合成一体，
也省得种种的不方便，要是运命要我常留在这
个岛上，这儿可不是一个天成的"安恺地"，
流涧是我们的笛声，我们就是快乐的牧童。
（老夫妇惊矍，涡堤孩喜）

克　遵命。我愿意行使我的职务，助成你们的乐园。
并且我看情形，也不必等我去了再来，这位姑

娘看来也是再愿意没有的了。

（黑引涡向老夫妇，老夫妇正互语）

黑　请你们允许我们的好事，现在只少你们的祝福
了。

翁　我们已经上了年纪，也就是涡堤孩一个孩子，
只要她嫁着一个好丈夫，我们也就了了心愿不
是？

老　太　你们成了对儿也好，可是马上就要结婚，这，
这儿什么都不凑手。我得到柜子里去看看有什
么衣服没有，可是这戒指又怎么办呢？我就有
他给我的一个纪念，我倒有点儿不愿意放手哪。

（涡堤孩探颈出二戒指，穿在一缎带上）

涡　我妈把这一对戒指缝在我的孩子衣里，许是预
备我结婚用的。

老　太　（骇）可不是现成的。（对翁）可是多怪我们从
没有见过！

翁　怪，比怪还怪哪！上帝保佑我们行善的人，怪

事情临不到我们家！

克　（对黑与涡，对涡状甚兴奋）

我的孩子们，只要记着一条规则，完全的和气，你们的两个灵魂就像是一条琴弦上发出来的声响，你们就永远不会有冲突。

涡　你的规则天生有灵魂的人有用，我可没有用，我没有灵魂。

（神父大骇，老夫妇惊起止之）

我就不懂得灵魂是什么！灵魂我想一定是个负担，我一想着就觉得顶重（要），（稍顿，转熙）还是没有好。

克　（握手当胸）上帝怜恕你，孩子，再不要说这样有罪孽的话。

翁　她从顶小就有这样的怪想，我们好好地对她讲，越讲她越不相信，再讲她就那憨劲儿笑呵我们。不用理她就得。

老　太　（对涡）好孩子，再不要那样疯疯癫癫的，招人家笑话，你快做人家的媳妇了，你总得庄重一点儿，像一位太太。你顽儿的时候已经过去了。

涡　（迅答）噢！那我还是慢点儿成亲吧，等我老一点儿顽不动了再做媳妇不好？我就爱顽儿！

黑　你成心要我等吗？你就忍心不准我消受你最艳丽的春光吗？——青年快乐地舞蹈单身不如成双不是？后来到了你的秋天，也许你不能再见我在你的门外静候，并且那一位女郎的风姿——

涡　（迅）培托儿达！不，那不成，我愿意立刻做你的妻。赶快，赶快，再不要迟延了。

黑　这才是，神父，替我们祝福吧，我也盼望境遇通顺，虽则大水的波浪把你漂泊到此地。

克　这是上帝的意旨。

翁　她老叫那嗤嗤响的喷泉枯尔庞，还有那大林子里的瀑布，雪白的水花，像老头儿的大胡子似的。（对涡）再不要提那些邪教的名字。

老　太　你总得像一个懂礼数的姑娘，庄重，少开口，要看人不要斜着眼，要说话也得有分寸。

涡　我可以试试，老要我那样子，可不成。要我板起脸儿，堵起嘴儿，可真不容易。我从前以为结婚只是快乐，好顽。

克　（肃）挽成这同心结，不是件儿戏的事，这结在上帝面前挽成了，你们两人就生生世世，不再分散。

涡　（对黑）我们去站在窗边行礼，好让天上的云彩做我们的见证，让滴滴的雨点也去传布我们的消息。我一辈子从没有结过婚，我总得让什么人都知道。

（黑尔持涡手引向牧师）

克　自今以后，骑士，她便是你的了，为她的纯洁，你要爱她，为她的娇弱，你要保护她，为她的平安，你要不惜你的性命，你所有的一切，也都是她的，爱她和爱你自己的名誉一样，将来天使审判你的时候凭你的爱，可以抵消你的罪孽。

闺女（或姑娘），你自此有了丈夫，他是你的永远的伴侣，你要爱他，你要伺候他，你要服从他，他是你的主，你们要一致，你们要和气，你们俩是一体的，你们要盼望在人间，在天上，永远地不分离，你们彼此都寻着了最完全的配偶，你们的前面，只有光明与欢喜。

（交换戒指。神父转向翁）

克　我以为这块地上就是你们住家，可是方才我明明地看见一个老头儿，古怪的眼睛，花白的胡子，站在窗子外看我们行礼，回头他一点头，影子都不见了。

翁　许是那林子里瀑布，你眼花看错了，当是一个老头儿。

涡　（喜）那是枯尔庞。

黑　听哪，我听着好听的音乐，像是各种的水声，那清利的高音像是林子里流出来的涧水，那迟重的低音，像是浪花中洗着青草的湖岸。

涡 这是我的新婚歌，林子里的流涧先唱，河水跟着也唱，最后大海的歌娘也唱。我是个自然的孩儿，我也没有什么嫁奁，我只有地面天上海里的生灵的好意与爱心。

（黑尔开门，与涡交臂站门口听乐。老太太掩泣。神父慰之，翁携之归其椅座）

黑 涡堤孩，涡堤孩，好景致呀！阳光照在地上，一条五彩虹从天空直挂下来，方才呜咽的风声也被这霞彩迷醉了，满眼只是夏天的富丽，涡堤孩，那座金黄灿烂的虹桥，便是你我幸福的大门，听呀，那边有声音在呼唤我们，说："出来呀，来到天堂的乐园。"

（黑与涡出门，音乐渐次嘹亮。神父与老夫妇闻之皆现惊貌，抬头望空中，望户外，望窗外，亦一一趁趔出门去。室空后，安窗门板无声自

关，一水灵探首入，见无人距跃而入，余随，

欢歌且舞，绕屋行，绕户绕窗行，行歌且舞。

幕落）

涡堤孩新婚歌

小溪儿碧冷冷，笑盈盈讲新闻，

青草地里打滚，不负半点儿责任；

砂块儿疏松，石砾儿轻灵，

小溪儿一跳一跳地向前飞行，

流到了河，暖溶溶的流波，

闪亮的银波，阳光里微酡，

小溪儿笑呷呷地跳入了河，

闹嚷嚷地合唱一曲新婚歌，

"开门，水晶的龙宫，

涡堤孩已经成功，

她嫁了一个美丽的丈夫，

取得了她的灵魂整个。"

小涟儿喜孜孜地蹿近了河岸，

手挽着水草，紧靠着芦苇，

凑近他们的耳朵，把新闻讲一回，

"这是个秘密，但是秘密也无害，（不关）

小涧儿流入河，河水儿流到海，

我们的消息，几个转身就传遍。"

青湛湛的河水，曲玲玲的流转，

绕一个梅花岛，画几个美人涡，

流出了山峡口，流入了大海波，

笑呼呼地轻唱一回新婚歌，

"开门，水晶的龙宫，

涡堤孩已经成功，

她嫁了一个美丽的丈夫，

取得了她的灵魂整个。"